슬기로운 회귀생활

슬기로운 회귀생활 10

초판 1쇄 인쇄일 2021년 07월 09일 | **초판 1쇄 발행일** 2021년 07월 14일

지은이 은반지 | **펴낸이** 곽동현 | **담당편집 팀장** 이범수
편집부 정요한 최훈영 조혜진

펴낸곳 (주)조은세상 | 출판등록 제2002-23호
주소 서울특별시 동작구 동작대로1길 27 5층
TEL 02)587-2966 | FAX 02)587-2922
E-mail bukdu@comics21c.co.kr

은반지ⓒ2021
ISBN 979-11-6591-982-5 | ISBN 979-11-6591-366-3(set)
값 8,000원

MODERN FANTASY STORY

은반지 현대판타지 장편소설

슬기로운 회귀생활

10

북두
(주)조은세상

은반지 현대판타지 장편소설
MODOERN FANTASY STORY

CONTENTS

Chapter 76. 제니스와의 접점(2) ⋯ 7

Chapter 77. 아수라(阿修羅) ⋯ 23

Chapter 78. 마계(魔界) ⋯ 67

Chapter 79. 제니스 VS 메르세데스 ⋯ 125

Chapter 80. 악마왕 ⋯ 155

Chapter 81. 전초전(前哨戰) ⋯ 183

Chapter 82. 광룡의 심장 ⋯ 249

Chapter 83. 이고르의 귀환 ⋯ 267

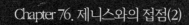

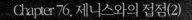

　보는 이로 하여금 빨려 들어갈 것만 같은 느낌을 선사하는 고혹스러운 눈동자.

　얼핏 옅은 녹색을 띠기도 하는 그것이 미미하지만 잘게 요동치고 있었다.

　'······.'

　분명 자신의 입에서 나온 말이지만, 어찌하여 그런 말을 내뱉은 것인지는 릴리스 스스로도 이해하지 못했다.

　세상에 존재하는 모든 생명체를 발아래에 두고 굽어보는 존재이자.

　신을 제외하고는 그 누구도 우러러보지 않는 이.

9

하물며 최악이자 최강이라 불리기에 부족함이 없었던 광룡(狂龍) 트라페울조차 정신력에 흠집조차 내지 못한 드래곤이 바로 그녀였다.

그런 그녀가 아무리 초롱이의 아빠라고는 하지만 결국에는 미천한 인간에 불과할 뿐인 이에게 칭찬을 갈구하고 있다니.

무언가에 홀리지 않은 이상 도저히 일어날 수 없는 일이었다.

그러나 지금 이 순간만큼은 하등 중요치 않았다.

드넓은 시야를 자랑하는 눈은 오직 재건의 입이 열리기만을 바라볼 뿐이었다.

한데 도무지 열릴 기미를 보이지 않고 있으니 릴리스의 눈빛에 불안이 어렸다.

'분명히 들었을 텐데…… 왜 아무 말도 하지 않는 거야?'

입이라는 것이 저렇게 무거운 기관이었나?

마치 시간이 멈춘 것 같다.

아니, 멈춘 것 같은 게 아니라 실제로 이 순간 그녀가 느끼는 체감 시간은 덧없이 느리게 흐르고 있었다.

시간을 초월한 존재인 그녀는 지금만큼 더디게 흐르는 시간을 경험한 적이 없었다.

콩닥- 콩닥-

가슴 한편에 자리한 드래곤 하트는 마나가 역류하기라도 한 듯, 미친 듯이 쿵쾅대고.

그와 동시에 자신의 의지와는 다르게 몸이 배배 꼬여진다.

아마 그 모습을 스스로 돌아보았다면 한마디로 정리했을 것이었다.

'똥 마려운 짐승'이라고.

이성이 억눌렀던 불씨는 한순간 화르륵 타오르며, 그녀의 드래곤 하트를 지배했다.

재건의 입에서 어떤 격려가 나올지 기대감에 젖어 느리게 흘러가는 시간을 기다렸다.

아주 천천히.

입술이라는 장막이 들썩이고, 하얀 이가 서서히 드러난다.

도저히 끝날 기미가 보이지 않던 슬로우가 끝나고, 재건의 목소리가 흘러나오려 한다.

릴리스는 마른침을 삼키며 그것을 한시라도 빨리 듣기 위해 목이 앞으로 마중 나갔다.

'어서 그 입을 열어 날 칭찬해! 잘했다고 머리를 쓰다듬어!'

그렇게 학수고대하던 천금과 같은 재건의 음성이 그녀의 귀를 파고들었다.

"어? 그런 일이 있었어? 진짜 큰일 날 뻔했네. 고생했어."

별다른 칭찬은 아니었다.

따지고 보면 그녀를 칭찬하기보다는 말론이 위험에 처했던 일에 놀라는 것에 중점을 두고 있었으니까.

하지만 이미 이성의 끈이 풀려 버리고 활활 타오르던 릴리스는 그것을 제멋대로 해석하는 경지에 이르렀다.

고생했어- 고생했어-.

진짜 큰일 날 뻔했네- 진짜 큰일 날 뻔했네-.

귀를 파고든 목소리가 머릿속을 맴돈다.

그리곤 어느 순간 전혀 다른 의미로 변질되어 뇌리에 박혀 들었다.

'네가 없었다면 정말 큰일이 났을 거야. 역시 넌 내가 가장 믿을 수 있는 든든한 동반자야.'

후끈.

얼굴이 달아오름을 깨달은 릴리스는 다른 인간이 볼 수 없도록 황급히 몸을 돌렸고.

'든든한 동반자!'

양손을 꼭 움켜쥔 채 끓어오르는 희열을 만끽하며 몸을 부르르 떨었다.

재건은 그런 그녀를 이상하다는 듯 쳐다보며 고개를 갸웃 거렸다.

"뭐 하는 거야?"

그러나 그것도 잠시.

어느새 그의 관심은 바닥에 내팽개쳐지다시피 한 모건에게 집중됐다.

'모건이라……'

그녀가 지금 이 자리에 있는 이유는 오래 고민하지 않아도 알 수 있었다.

말론이 가진 능력을 견제하고, 그것이 다른 이의 손에 넘어가지 않기를 바라는 제니스였으니 분명 사람을 붙였을 터.

그 과정에서 자신과 손을 잡았다는 것을 알아챘을 것이다.

아무리 조심에 만전을 기해도 제니스의 정보력에서 아주 벗어날 수는 없었을 테니까.

그렇게 알아낸 정보를 토대로 말론이 혼자 있는 틈을 타 그에게 접근했을 것이고.

'우선적으로 회유를 택한 뒤 실패로 돌아가자 제거로 노선을 변경했겠지.'

모건의 성정을 고려하면 이것이 사실일 확률은 100에 수렴할 것이다.

과거 제니스 내에서도 기상천외한 희대의 미친년이라 불렸고, 손속에 사정을 두지 않기로 유명했던 그녀다.

더군다나 평소 사이까지 좋지 않았으니, 정보를 접하기 무섭게 이참에 처리할 목적으로 움직였을 것은 안 봐도 비디오였다.

생각을 정리한 재건은 바닥에 털썩 주저앉아 있는 모건을 응시하며 물었다.

어느 정도 짐작은 가지만, 당사자의 말을 들어 보긴 해야 되니까.

"내가 방금 들은 게 사실인가?"

한데 모건은 자신이 어떻게 이곳에 온 것인지, 여기가 어딘지 상황을 파악하기에 여념이 없었다.

"설마 내가 방금 겪은 게 공간 이동이야? 그것도 게이트 내부에서 게이트 내부로?"

"네게 그런 것을 알 권리 따위는 없다. 묻는 말에만 대답해라."

목숨을 노리고 온 적에게 예의 따위는 사치.

재건의 냉소적인 반응에 모건의 몸이 굳었다.

그리고 잠시 고민하는 듯싶더니, 이내 하얀 이를 드러냈다.

"헤헤, 맞아. 저 여자가 한 말은 다 사실이야. 그래서? 날 죽이기라도 할 거야? 뭐, 나도 곱게 죽어 주진 않겠지만, 그전에 네가 알아 둬야 할 게 있어."

재건이 말없이 쳐다보자 모건은 어깨를 으쓱거리며 말을 이었다.

"내가 말론을 만나러 갔다는 걸 길드 역시 알고 있다는 거."

재건이 어이가 없다는 듯 헛웃음을 내뱉었다.

"허. 방귀 뀐 놈이 성낸다더니, 딱 그 꼴이네. 너 지금 나 협박하냐?"

"그렇게 들렸어?"

"그게 아니면?"

"아니라고는 안 했는데? 협박 맞아. 잘 들었다고 칭찬해 주려는 거였어. 나 건들면 너는 물론이고, 네 공략대까지 다 죽을 거야."

기고만장에 젖어 절대 자신을 죽이지 못할 거라 생각하는 모건.

절대 아무런 위해도 가하지 못한다는 게 그녀의 생각이었다.

일정 시간 내에 연락이 닿지 않으면, 제니스는 자신의 행방에 대해 협회에 보고할 테고.

그에 따라 무적 공략대 전체에게 죄를 물어 올 것이다.

덩달아 제니스는 무적 공략대에게 보복할 명분을 챙기고, 본격적으로 판을 벌일 수 있게 된다는 뜻이었다.

아니, 미국이 자국의 헌터를 지극정성으로 아끼고 제니스가 미국의 명망을 드높여 주는 세계적인 길드라는 것을 생각한다면.

'세계 랭킹 10위 헌터의 죽음을 빌미로 한국 전체에 압박을 가할 확률이 높겠지.'

공략대를 넘어 한국의 안위를 걱정한다면, 지금 이 자리에서 자신을 건드려서는 안 된다는 뜻이나 마찬가지였다.

"어쩔 거야? 그래도 죽일 거야?"

어서 선택을 내리라는 듯 종용하는 그녀의 모습에, 재건이 두 팔을 벌려 주위를 둘러보며 말했다.

"너 여기가 어딘지는 알고 까부는 거냐?"

"내가 그런 것까지 알아야 되니?"

자칫 수가 틀리면 자신이 죽을 수 있다는 것을 알고 있음에도 그녀는 절대 주눅이 들지 않았다.

제니스라는 믿는 구석이 그만큼 든든하다는 것을 반증하는 것이었다.

확실히 세계에서 손에 꼽히는 헌터다운 자신감이었다.

하나 그녀가 간과한 사실이 있었으니.

제니스는 물론이고, 미국 헌터 전체가 덤벼든다 한들 눈 하나 깜빡하지 않을 자신이 있는 게 바로 재건이라는 것이었고.

그는 공략대를 건드리는 것을 끔찍하게 싫어한다는 것이었다.

"넌 나를 아주 잘못 봤어."

구구구- 콰앙!!

신형에서 피어오르는 마나가 팽창하며 거대한 폭발을 일으켰다.

반경 100m의 지면이 움푹 꺼지고, 그 힘을 마주한 모건은 형용할 수 없는 힘에 짓눌려 무릎을 꿇었다.

"커억."

하나 이종훈을 비롯해 다른 세 사람은 아무 일도 없다는 듯 평온했다.

힘을 발산하는 과정에서 그들에게 영향이 가지 않도록 조절했기 때문이었다.

재건은 자세를 낮춰 모건의 눈높이에 맞췄고.

그녀를 바라보는 눈빛은 강렬한 분노로 이글거리고 있었다.

말론과 손을 잡았던 순간부터 제니스와 마찰이 있을 거라는 것은 이미 염두에 두고 있던 일.

그 시기가 이렇게 빨리 찾아올 줄은 몰랐지만, 앞당겨진다고 해서 달라질 건 없었다.

그들이 이렇게 비신사적으로 나온다면 결과는 하나밖에 없으니까.

재건은 힘에 짓눌려 무릎을 꿇고 고개조차 들지 못하고 있는 모건의 턱을 잡아 올렸다.

"다시 말해 봐. 뭐라고?"

하나 모건은 주체할 수 없이 떨리는 몸에 의해 이를 딱딱거리기만 할 뿐, 아무런 대답을 하지 못했고.

재건은 그런 그녀의 턱을 꾸욱 움켜쥐었다.

"끼허어억."

단순히 쥔 것일 뿐임에도 괴상한 신음을 흘리며 격통에 몸을 바들바들 떠는 그녀.

머지않아 입에서는 침이 흐르고, 눈에서는 피눈물이 흘러내렸다.

재백을 제외한 모두가 인상을 찌푸릴 만큼 처참한 광경이었다.

보다 못한 이종훈이 곁으로 다가왔다.

"재건아…… 그만해. 그러다 죽겠어."

그러자 재건이 그녀에게서 손을 떼고, 몸을 일으켰다.

격통에 몸부림치던 모건은 그의 손을 벗어났음에도 공포

속에서 벗어나지 못하고 허우적거렸다.

그사이 재건은 자신의 옆에 선 이종훈을 바라보며 말했다.

"삼촌."

낮게 깔리는 한없이 차가운 목소리.

다른 사람은 몰라도 자신을 부를 때만큼은 따스함이 담아 건네는 재건이었다.

한데 지금은 조금의 온기조차 느껴지지 않는 탓에 이종훈 은 당황 섞인 음성으로 대답했다.

"……어?"

"다른 건 몰라도, 내가 황진욱 그 작자한테 제대로 하나 배운 게 있거든?"

언급돼서 좋을 게 없는 이름이 거론되니 이종훈은 왠지 모를 불안함을 느꼈다.

"……뭔데."

"위협으로부터 무언가를 지켜 낸다는 것에 압도적인 공포 만큼 좋은 효과를 보는 것은 없다. 철저하게 짓밟지 않으면, 또 무성하게 자라 자리를 위협할 것이다."

전혀 영향을 받지 않은 것만 같았건만.

그도 모르는 사이 황진욱의 교육은 재건의 한편에 뿌리를 내리고 있었다.

이종훈은 뭐라 말할 수 없었다.

그렇지 않다고, 얼마든지 말로도 타협을 볼 수 있다고 말하고 싶었지만, 지금까지 걸어온 모든 길이 그랬다.

무릇 헌터들과 달리 정도(正道)를 걷는다던 협회장도 해츨링에 눈이 멀었고.

당장 자신의 옆에 있는 최익현 또한 마찬가지.

만약 재건의 힘이 없었고, 그들이 굴복하지 않았다면 지금 어떻게 됐을지는 불 보듯 뻔했다.

'지금까지도 틈틈이 기회를 노리고 있겠지…….'

이것은 강한 헌터일수록 더욱 강하게 적용되는 말이었다.

그만큼 자존심과 자긍심이 강할 테니까.

이종훈의 묵인은 재건에게 동조의 뜻을 전달했고, 재건은 고개를 살짝 돌려 모건을 바라봤다.

"난 여기에 있는 누구보다 이 여자를 잘 알아. 겨우 이 정도로 꺾일 꼬리가 아니란 말이지. 등허리를 완전히 접어야 축 처지는 걸 겨우 볼 수 있을 거야."

물론, 진짜로 척추를 접어 버리겠다는 말은 아니었다.

죽일 생각은 없었으니까.

하지만 모건에게 그의 말은 서슬 퍼런 칼을 목에 들이대는 것보다 더욱 공포스럽게 다가왔다.

'아, 안 돼…….'

조금 전만 해도 이루 형언할 수 없는 고통의 바다에 가라앉았다.

손가락 하나 까딱할 수 없는 상태에서 지네 천 마리가 알몸을 헤집는 기분까지.

차라리 혀를 깨물고 죽고 싶다는 생각이 머릿속을 가득 메웠다.

하지만 S급 헌터의 육체는 고작 그런 걸로 무너질 게 아니었으며, 그렇다고 저항하는 것은 꿈도 꿀 수 없었다.

자칫하다간 수작을 부렸다며 더한 고통이 뒤따를 테니까.

결국, 할 수 있는 것은 아무것도 없었다.

그저 엄벌을 기다리는 죄인처럼 묵묵히 고개를 숙인 채 절망하는 것이 전부였다.

그러는 사이 그녀를 옥죄고 있던 기운이 풀어졌고.

몸을 움직일 수 있게 된 것도 재건의 손이 그녀의 목을 움켜쥔 채 그대로 들어 올렸다.

"커허어억."

모건은 숨통을 조이는 고통에 양팔과 다리를 허우적거렸다.

육체 능력을 상승시키는 패시브 스킬로 도배되어 있다시피 한 그녀였지만.

재건의 신체는 그런 능력으로도 어쩔 도리가 없이 단단했다.

"더 발버둥 쳐 봐."

싸늘한 목소리에 그녀는 살기 위해 더욱 발버둥 쳤다.

죽는 게 두려워서가 아니었다.

그렇게 하지 않으면 더한 고통이 뒤따를지도 모른다는 공포 때문이었다.

숨통이 조이며 힘이 빠져나가는 상황에서도 그녀는 컨택트를 소환했다.

그리고 초승달 모양의 컨택트는 기형적으로 꺾이며 재건의 목을 향해 날아들었다.

티잉-!

하나 그마저도 재건의 맨손에 막힐 뿐.

믿을 수 없는 광경에 모건의 두 눈이 더없이 팽창했고.

재건은 그녀를 바닥에 내던지며 말했다.

"프렉달에게 가서 전해라. 내가 곧 찾아갈 테니, 서두르지 말라고."

"……!"

목숨에 대한 미련을 버렸었던 그녀는 급작스레 찾아온 한 줄기 광명에 의문 섞인 표정을 지었다.

역시 제니스의 보복이 두려워서?

아니다.

그의 힘은 자신이 가늠할 수 없을 정도로 높은 곳에 닿아 있다.

이제 막 SS급에 오른 자?

'말도 안 되는 소리.'

등급 측정기가 그것밖에 표하지 못하기에 그렇게 보였을 뿐, 실질적인 힘은 이미 프렉달을 아득히 뛰어넘었다.

게다가 뒤돌아 있는 저 정체 모를 헌터까지.

무적 공략대를 적으로 돌린다는 건 미국 전체를 파멸로 이끄는 것이나 다름없는 일이었다.

자신을 살려 주는 데에는 그런 뜻을 정확히 전달하라는 의도가 실려 있었다.

"무슨 말인지……."

알았다며 고개를 끄덕이려던 그때.

파지지직-!

하늘에 구멍이 열리며 세 사람이 떨어져 내렸다.

콰과광!!

엉덩방아를 찧고, 그 위에 겹겹이 햄버거처럼 쌓인 그들.

조충, 시트니 그리고 라마 잭슨이었다.

그들은 재건을 발견하고 멋쩍은 웃음을 지었다.

"하하하……."

그리고 그의 옆에 광속으로 착지하며 무릎을 꿇은 이가 있었으니.

새까만 미니 드레스를 입은 메르세데스였다.

"3군단장 메르세데스가 고룡 님의 명을 완수하고 도착했음을 알립니다."

Chapter 77. 아수라(阿修羅)

Chapter 77. 아수라(阿修羅)

　재건의 웅혼한 마나가 주변에 커다란 파장을 일으키는 와중에도, 눈길 한 번 주지 않는 한 사람.

　양 볼을 붉힌 채 무언가를 곱씹기 바쁜 릴리스였다.

　"동반자⋯⋯."

　풀가동되다 못해 과열되어 활활 타오르기 시작한 행복회로는 그녀만의 다른 세상을 만들고 있었다.

　연인들이 평생 함께하길 약속한다는 결혼이란 것은 언제쯤 해야 하는지.

　식을 올리는 장소는 어디가 좋은지.

　하객으로는 어떤 드래곤들을 초대해야 하는지.

등등의 셀 수 없이 찬란한 미래를 그려 내며 히죽거리기를
반복했다.

생각이 이어지고, 그것이 먼 미래로 이어질수록 그녀는 넘
실거리는 행복의 파도에 탄성을 내질렀다.

자신에게 이토록 풍부한 상상력이 있었다는 것은 스스로
도 몰랐던 사실이었다.

아니, 그것은 단순한 상상이 아니었다.

필연적으로 이루어질 수밖에 없는 진짜배기 미래.

언제고 반드시 맞이하게 될 일들이었다.

만에 하나 이 행복을 방해하는 요소가 등장한다면, 세상에
서 지워 버릴 테니까.

강한 결연함으로 얼룩졌던 그녀의 눈빛이 나긋해지며, 한
순간 얼굴이 후끈 달아올랐다.

'아이는 몇 명을……'

도저히 끝날 기미가 보이지 않는 그녀의 상상은 급기야
'하프 드래곤'이라는 생각지도 못한 곳까지 닿았던 것.

연하게 자리 잡았던 양 볼의 홍조가 이내 채도를 높이며
점차 진해져 갔다.

그녀가 지금 무엇을 상상하고 있는지를 얼핏 유추할 수 있
는 대목이었다.

그러던 그때.

파지지직-

하늘에 구멍이 뚫리고, 그곳에서 세 사람이 떨어져 내렸다.

그와 동시에 느껴지는 진득한 기운과 불쾌한 악취.

"……!"

재건의 마나가 동반된 소동에도 눈 하나 깜짝하지 않고 행복회로를 불태우던 릴리스조차 홱 하고 시선을 돌릴 정도로 그 정도가 극심했다.

절대라고 할 만큼 인간에게선 느낄 수 없는 기운에, 그녀의 시선이 재건을 향해 무릎을 꿇고 있는 한 여성에게로 향했다.

"3군단장 메르세데스가 고룡 님의 명을 완수하고 도착했음을 알립니다."

그 한마디에 평온하고 장밋빛으로 한가득했던 미래가 와장창 깨져 나갔다.

이곳에 있다는 것만으로도 마음에 들지 않는 불결한 존재.

그런 추하고 더러운 이의 입에서 나온 말은 그녀의 심기를 건드리기에 충분했다.

주름이라고는 찾아볼 수 없던 릴리스의 미간에 깊은 주름이 잡히고, 그녀의 팔이 들어 올려졌다.

그리고.

"꺄악!"

메르세데스는 순간 허공으로 떠오르더니, 재건의 앞에 광속으로 무릎을 꿇었던 것보다 훨씬 빠른 속도로 날아갔고.

릴리스의 손아귀에 붙들려 한순간에 굳어 버렸다.

"끄으윽."

전신을 옥죄어 오는 거센 기운에 신음을 흘리는 것이 메르세데스가 할 수 있는 전부였다.

갑작스레 벌어진 상황에 크게 당황할 법도 하지만.

무적 공략대의 그 누구도 어떤 반응조차 내비치지 않았다.

아니, 오히려 조심히 고개를 돌린 채 본체만체하기 바빴다.

릴리스가 어떤 존재인지 아는 사람들이었으니까.

괜히 불똥이라도 튀었다간 그 불똥에 몸이 전소될 수 있기 때문이었다.

그렇게 아무런 제재도 받지 않은 릴리스가 메르세데스를 향해 말했다.

"하계(下界)의 미물이 여기가 어디라고 냄새나는 몸뚱이를 가지고 기어 올라왔지?"

혐오감이 진득하게 묻어 나오는 말투.

이것은 질문이 아니었다.

단순히 마주한 현실에 대한 못마땅함을 표하는 것.

있어서는 안 될 게 눈앞에 나타났다는 불쾌감을 여실히 드러내고 있는 것이었다.

릴리스의 눈동자가 수축되고 가늘게 찢어진 두 눈이 흡사 파충류의 그것과 비슷하게 변모했다.

용안(龍眼)을 드러낸 것이었다.

"하찮은 버러지 따위가 감히……."

움켜쥐는 그녀의 손을 따라 메르세데스의 육신이 점차 우그러져 갔다.

그렇게 한순간에 핏물이 되어 사라져 버릴 위기에 처한 그때.

재건이 그런 릴리스의 팔을 붙잡으며 말했다.

"왜 이래?"

릴리스가 흠칫 놀라며 자신의 팔을 내려다봤다.

육체적 접촉.

불쾌감에 일그러져 있던 얼굴은 언제 그랬냐는 듯 부끄러움이 가득한 표정으로 변했고, 용안은 온데간데없이 사라졌다.

변화는 다른 곳에서도 이어졌다.

조금 전의 한없이 차가웠던 목소리와는 상반되는 미성.

떨림을 동반한 그것이 고운 입술 사이로 흘러나왔다.

"너, 너야말로 왜 이러느냐. 이건 너무 빠르다."

"응? 뭐가 빠르다고?"

"보, 보는 눈이 많구나. 아, 아니 싫다는 것은 아니다."

"뭔 소리야 그게? 아니, 일단 메르세데스 좀 놓고 이야기하자."

재건의 말에 릴리스의 시선이 허공에 떠올라 있는 그녀에게 향했다.

"저 미물의 이름이 메르세데스인 것이냐?"

"어, 우리한테 해를 입히려는 게 아니라 조충이랑 계약한 악마니까 일단 내려놔."

"그러니까 네 말은 저 미물이 인간이랑 계약을 맺어서 여

29

기에 있는 것이다, 이 말인가?"

"그렇대도."

"허……."

릴리스는 헛웃음을 지으며 메르세데스를 옭아매고 있는 기운을 풀었고.

바닥으로 내팽개쳐지다시피 한 메르세데스는 우스꽝스러운 모습으로 땅에 주저앉아 숨을 헐떡였다.

그런 그녀를 불결하다는 듯 내려다보는 릴리스.

아무리 재건 휘하의 인원과 계약을 맺었다 한들 불쾌한 감정이 사그라드는 것은 아니었다.

그러나 그 또한 오래가지 않았다.

파지직-

재건의 옆에 또 하나의 공간이 찢어지고.

그곳에서 불쑥 튀어나오는 초록 머리의 꼬마.

"아가."

사랑해 마지않는 아이의 등장에, 그녀가 애정을 가득 담아 초롱이를 불렀다.

그러나 초롱이는 재건의 품에 안겨 세상을 다 가진 것처럼 환하게 웃으며 소리칠 뿐이었다.

"아빵!! 나 안 보고 싶었어?! 나는 엄~~청 보고 싶었는데!"

의도치 않게 많은 인원이 모여들어 상황이 복잡해졌음에도 재건은 녀석의 애교에 녹아내렸다.

"아빠도 우리 초롱이 보고 싶었지."

"그런데 왜 안 왔어?"

"아빠가 일이 좀 많아서 말이야. 지금도 초롱이랑 놀고는 싶은데, 해결해야 할 게 있거든. 잠깐 엄마랑 놀고 있을래?"

"히잉…… 엄마랑 노는 거 재미없는데……."

두 부자의 대화를 옆에서 가만히 듣고 있던 릴리스는 충격을 받은 듯 입을 벌렸다.

"아, 아가? 엄마랑 노는 게 재미가 없어?"

"웅! 엄마는 맨날 맛도 없는 차만 마시고 있잖아. 난 그런 거 싫어!"

두 볼을 부풀리며 못마땅함을 토로하는 초롱이.

그런 아이를 살포시 내려놓은 재건이 녀석과 눈을 마주치며 말했다.

"아빠가 이따가 놀아 줄 테니까, 재미없어도 잠깐만 엄마랑 있을 수 있지?"

"웅! 약속이야!"

초롱이는 재건과 손가락을 걸고 나서야 릴리스의 손을 잡았다.

"가자, 엄마. 아빠 일해야 된대. 방해하지 마."

"어? 그, 그래……."

다른 이에게는 한없이 냉소적인 모습을 보이는 릴리스도 제 자식인 초롱이에게만큼은 약했다.

그렇게 허리춤에도 오지 않는 아이의 손에 이끌려 릴리스
는 풀숲으로 끌려가다시피 발걸음을 옮겼고.

멍하니 그 모습을 바라보고 있던 메르세데스는 도무지 어
떻게 해석해야 할지 감이 잡히지 않았던 것을 명확하게 알
수 있었다.

'이런 미친! 고룡 부부였다니…… 이게 말이 돼?'

조금 전 여인의 손에 붙들렸을 때 맡았던 드래곤 특유의
냄새.

아니, 지금까지 느껴 본 어떤 드래곤보다 그 향이 진하고
묵직했다.

자신을 하계의 미물이라고 부르며 업신여기는 태도와 눈
빛까지.

실로 압도적인 존재감이었다.

무능력함을 여실히 깨닫게 만드는 재건에 비할 만큼 실로
강렬했다.

그녀의 신경이 자신에게 닿아 있지 않음에도, 앞에 있는
것만으로도 몸이 덜덜 떨릴 정도였으니 말이다.

그런 존재가 다름 아닌 고룡의 짝이었다.

'도대체 이게 뭐야…….'

드래곤 중에서도 오랜 세월을 살아 범접할 수 없는 힘을
자랑한다는 고룡이 하나도 아닌 쌍으로 존재한다는 건 충격
중에 충격이었다.

그것도 부부와 아이, 총 세 드래곤이 동시에 인간계에서 유희를 즐기고 있다니.

만에 하나 이 사실을 모르고 그들의 주변을 건드리기라도 했다면?

오싹!

등줄기를 스치고 지나가는 서늘한 감각에 메르세데스가 몸을 부르르 떨었다.

'내가 죽는 건 물론이고…….'

자칫하면 마계가 초토화되는 건 시간문제였다.

생각만 해도 소름이 돋았다.

이전 재건의 성정을 고려한다면 불가능한 일도 아니었으니까.

쉽게 생각했던 계약이었는데, 그것으로 마계의 존폐까지 걱정하게 될 줄이야.

이번 계약만 끝내면 다시는 인간계에 발도 들이지 않겠다고 다짐하는 그녀였다.

그런 그녀를 향해 재건이 몸을 돌리며 말했다.

"부르지도 않았는데 갑자기 여긴 왜 왔어?"

메르세데스는 화들짝 놀라며 다시 무릎을 꿇고 대답했다.

"일전에 명을 완수하면 찾아오라고…….."

"내가 시킨 일이 뭔데?"

"조충을 비롯해 다른 둘을 그쪽 인간 세력과 같이 훈련시

키라고 하지 않으셨습니까?"

"그랬지. 그런데 벌써 그 훈련이 끝났다고?"

"네, 그래서……."

"자신 있어? 내가 확인했는데 마음에 안 들면 어쩔래?"

"……."

메르세데스는 아차 싶었다.

저건 휘하에 있는 병력들을 갈굴 때 그녀가 자주 썼던 말이니까.

이런 부분이 마음에 들지 않는다.

저런 부분이 마음에 들지 않는다.

그 기준이라는 것이 워낙 애매모호하기 때문에, 꼬투리를 잡으려면 얼마든지 잡을 수 있는 것이었다.

그제야 왜 부하들이 저 물음에 선뜻 대답하지 못했는지 깨달을 수 있었다.

괜히 여기서 장담을 했다가 무슨 꼴을 당하게 될지 모를 일.

차라리 고생을 더 하더라도 긁어 부스럼은 만들지 말자는 생각에 기인했을 터였다.

메르세데스가 아무런 말도 없이 가만히 있자, 재건은 고개를 저으며 말을 이었다.

"자신 없으면 돌아가서 계속 훈련하고 있어. 여기 일 마무리 지으면, 내가 확인하러 갈 테니까."

"예! 알겠습니다!"

메르세데스는 황급히 고개를 주억거리며 큰 소리로 대답했다.

별다른 갈굼 없이 마무리할 수 있는 것에 만족스러우면서도, 한시 바삐 이 불편한 상황에서 벗어나 중국으로 돌아가고 싶었던 것.

'개처럼 굴려야겠어.'

물론, 이곳에 오기 전까지도 고된 훈련을 지속하긴 했다.

하지만 재건은 감히 자신이 범접할 수 없는 영역에 있는 존재.

그의 기준에 충족하려면 지금보다 훨씬 더한 곳까지 이들의 수준을 올려놔야만 한다는 생각이 들었다.

그렇게 메르세데스가 몸을 일으켜 조충, 시트니, 라마 잭슨 세 사람에게 돌아가려던 그때.

라마 잭슨이 재건을 향해 무릎을 꿇었다.

"어르신!"

"……뭐?"

왠지 모를 불길함에 재건은 나직이 대답했고.

라마 잭슨은 이에 눈을 빛내며 대답했다.

"저기 저 여자! 제니스 길드의 모건 아닙니까?! 강자의 냄새가 납니다!"

역시.

그의 불길함은 틀린 적이 없었다.

강한 헌터와 맞붙는 것을 좋아하는 라마 잭슨은 이 와중에도 귀신같이 그녀를 알아본 것이었다.

투지가 이글거리는 두 눈은 분명히 모건과의 싸움을 갈망하고 있었다.

"그래서?"

"저자와 싸울 수 있는 기회를 주십시오!"

"헛소리하지 말고 훈련이나 하러 가. 너는 모건한테 상대도 안 돼."

과거 라마 잭슨은 미치광이 살인마였다.

신출귀몰한 그의 움직임은 미국의 헌터 협회마저 포기할 정도였고, 같은 S급 헌터인 '탐 브래드'를 처치하며 그 유명세가 드높아졌다.

하지만 그 사건에도 비화가 있었으니.

탐 브래드는 근접 전투에 취약한 활잡이 헌터.

라마 잭슨을 단순히 미치광이라 치부한 그가 거리를 내줬기에 가능한 일이었다.

만약 탐 브래드가 거리를 벌린 채 싸웠다면 어떻게 됐을지는 장담할 수 없었다.

그리고 무엇보다 라마 잭슨은 특성조차 발현되지 않아 육체 능력만으로 찍어 누르는 헌터라는 것.

반면 모건은 투사(鬪士)라는 특성을 보유하고 있었기에 육체 능력 측면에서도 라마 잭슨보다 훨씬 우위에 놓일 수밖에 없었다.

즉, 상성상 도저히 이길 수 없는 싸움이라는 뜻이었다.

하여 단호하게 거절을 표했음에도 라마 잭슨은 굽힌 무릎을 펼 생각을 하지 않았다.

"기회를 주십시오! 지난번 저와의 약속도 안 지키시지 않으셨습니까?"

"뭔 약속?"

"공략대 사무실에서 훈련만 잘하면 어떤 남자와 싸울 수 있는 기회를 주신다고 하셔 놓고, 아직까지 별다른 말씀이 없으셨습니다."

"응? 뭔 소리……."

무슨 말인가 싶었던 재건은 문득 한 가지 생각이 떠올랐다.

일전 브론이 처음 찾아왔을 때의 기억.

그를 마주한 뒤 싸워 보고 싶다고 했던 라마 잭슨에게 조건을 달며 만류했던 것이 어렴풋하게나마 떠오른 것이었다.

말끝이 흐려지는 것에서 기회임을 포착한 라마 잭슨은 재빨리 말을 이었다.

"저는 그날부터 줄곧 훈련에 몰두해 왔고, 지금은 완전한 준비를 마쳤습니다! 지금 제게 그 기회를 주십시오!"

이에 재건이 피식 웃었다.

"내가 그런 약속을 했었지. 그래, 좋아. 어디 한번 해 봐."

이참에 스스로가 얼마나 약한지 깨닫는 것도 나쁘지 않았다.

그렇게 생각한 재건은 모건을 향해 고개를 돌렸다.

"모건, 너 가기 전에 얘랑 한 번 싸우고 가야겠다. 아, 방해는 일절 안 할 테니까 걱정하지 말고 편하게 싸우면 돼. 선녀께서 알아서 다 치유해 주실 거야."

모건은 선선히 고개를 끄덕이며 제안을 받아들였다.

어차피 거부할 수 없는 제안이라는 것을 알고 있었던 것이다.

그리고 상대가 재건이나 그 정체 모를 여자만 아니라면 누구든지 이길 자신도 있었다.

모건은 슬그머니 몸을 일으키며 말했다.

"제 몸 상태가 최상은 아니지만, 한번 해 보겠습니다."

그러자 그녀의 몸에 눈부신 빛이 모여들었고.

그것은 순식간에 그녀의 몸을 최상의 컨디션으로 만들었다.

홍유나는 백옥선을 쥔 채 어깨를 으쓱거렸다.

"혹시 모르잖아요? 컨디션이 안 좋아서 졌다고 할지도."

이에 라마 잭슨도 동의하며 고개를 끄덕였다.

"맞습니다. 최상의 컨디션에서 맞붙고 싶습니다."

"후우…… 그래, 알아서 해 봐. 다들 두 사람에게서 떨어집시다."

재건의 말에 다른 사람들은 두 사람을 남겨 놓고 멀찍이 떨어져서 바라봤다.

이윽고 모건이 컨택트를 꺼내 들고 마나를 끌어올렸고.

준비가 됐다고 판단한 재건이 시작을 알렸다.

"그럼 시작하세요."

그리고 그때.

라마 잭슨의 신형에서 흉흉한 기운이 피어오르며 그의 뒤로 붉은 아우라가 피어올랐다.

-강림 아수라(阿修羅).

◇ ◆ ◇

베이징과 톈진 사이에 위치한 광활한 대지.

이 지역 일대는 전부 패왕 길드의 소유로 사람의 흔적이라고는 찾아볼 수 없는 곳이었다.

그렇다고 패왕 길드가 원래 살고 있던 사람들을 몰아낸 것은 아니었다.

애초에 이곳에는 산 하나가 자리하고 있었고, 패왕 길드는 그 산을 밀어 버림으로써 대지를 확보한 것이었으니까.

산을 미는 것은 중국 정부의 허락을 요하는 일이었지만, 패왕 길드는 그것을 너무도 간단하게 해결했다.

'왕웨이가 그것을 원한다.'

이 한마디로 정부는 도로를 다른 곳으로 내는 수고를 감수하면서도 그것을 허락했다.

정부로서는 굳이 마찰을 빚고 싶지 않았던 것이다.

그만큼 패왕 길드와 왕웨이는 중국 내에서 절대적 권위를 지니고 있다는 뜻이기도 했다.

그렇게 광활한 대지를 확보하게 된 패왕 길드는 세기의 건축물이라 불릴 법한 것을 건설했다.

이름하여 '패왕당'.

사면의 모서리에는 각기 다른 생김새의 거신상이 흉흉한 면모로 그곳을 지키고 있고.

성벽처럼 빙 둘러진 건축물엔 충격을 완화시켜 주는 특수 광물이 중간중간 섞여 있었다.

본디 모든 곳을 특수 광물로 도배하는 게 왕웨이의 바람이었지만, 이 정도로 절충한 것이었다.

규모가 규모이니만큼 내로라하는 재력을 자랑하는 패왕으로서도 무리였던 것.

그러나 그 절충한 수준만으로도 다른 길드들이 혀를 내두르기에 부족함이 없었다.

그런 패왕당에서 십수 명의 헌터가 서로를 향해 달려들고 있었다.

콰아앙-!

넘실거리는 마기가 둘러진 주먹이 지면을 강타하면서 굉음을 일으켰다.

"크으."

패왕의 마스터이자 세계 랭킹 3위 헌터인 왕웨이는 분을 이기지 못하고 울분 섞인 소리를 냈다.

조금만 더 빨랐다면 저 빌어먹을 소국인의 안면에 주먹을 꽂아 넣는 통쾌감을 느낄 수 있었건만.

애석하게도 그의 주먹은 간발의 차이로 스치고 말았다.

하지만 그 효과가 전혀 없는 것은 아니었다.

핏-

마기에 찢겨져 나간 얼굴에서 핏물이 튀며 시야를 가린 것이었다.

그런 절호의 기회를 놓칠 리 없는 왕웨이였다.

"천리샤!!"

외침과 동시에 들려오는 강한 총성.

타앙-!

마치 약속이라도 한 듯 후미에 있던 천리샤가 마나를 모아서 광탄을 쏘아 낸 것이었다.

이내 총탄이 허공에 한 줄기 섬광을 그리며 날아들었고.

두 눈을 찡그리고 있던 조충은 빛이 자신에게로 쏘아지는 것을 보고 인상을 구겼다.

천리샤의 광탄을 몇 번 맞아 본 경험이 있기 때문이었다.

'아, 저건 안 되는데!'

그녀가 쏘아 내는 광탄에는 특수한 힘이 서려 있었다.

정확히 무엇인지는 모르나, 저것에 맞으면 참을 수 없는 고통이 밀려들었다.

마기를 일정 부분 무시하는 성질이 담겨 있다고나 할까?

몸이 기억하는 끔찍한 고통.

조충은 몸이 공중에 뜬 상태에서도 그것을 최소화하기 위해 두 팔을 올려 마기로 이루어진 막을 펼쳤다.

쩌엉-!

가공할 속도로 쏘아진 광탄은 이내 막과 충돌했고, 꿰뚫고 들어온 탄이 그의 팔에 닿으며 폭발을 일으켰다.

퍼엉-!

튕겨져 나가다시피 한 조충은 공중에서 몸을 선회하며, 발로 지면을 그었다.

"크으윽."

큰 상처가 없음에도 두 팔에는 욱신거리는 통증이 이어졌다.

한데 위기는 계속되고 있었으니.

지면을 박찬 왕웨이가 어느새 그의 코앞까지 날아와 있었다.

"아직 안 끝났다!"

기필코 얼굴에 주먹을 한 대 꽂아 넣고 말겠다던 포부가 마침내 이뤄지려던 순간!

"……!"

왕웨이는 내지르던 주먹을 회수할 수밖에 없었다.

시트니가 쏘아 낸 화살이 지면에 튕기며 순식간에 궤적을 꺾어 그를 향해 쇄도한 것이었다.

다급하게 몸을 비틀어 피해 보지만, 시트니의 화살은 유도 탄처럼 유려한 곡선을 그리며 그의 슈트를 찢고 가느다란 혈선을 새겨 넣었다.

피슛-

이 때문에 불안정한 착지를 이룬 왕웨이는 조충에게 공격 권을 넘겨줘야만 했다.

퍼버버버벅-!

엄청난 속도로 공방이 이뤄지고.

후미에 있던 천리샤와 시트니가 각각 원호에 나섰다.

마치 짜여진 각본처럼 한 치의 고민 없이 움직이는 네 명의 헌터들.

계속된 훈련에 굳이 말을 하지 않아도 어느 타이밍에 지원 이 들어올지 알게 되었기에 가능한 일이었다.

하여 간혹 정석적이지 않은 이상한 움직임을 보이며 상대 의 틈을 노리려 들기도 했다.

그럼에도 이 또한 예상하고 있었다는 듯 그들의 공방은 쉴 새 없이 이어지고 있었다.

한편, 그와 멀리 떨어지지 않은 곳에서는 라마 잭슨이 이첸 리엔과 격돌을 벌이고 있었다.

"크아아!!"

마구잡이식의 경합을 벌이는 것 같아도 그 속에는 서로 간의 팽팽한 견제와 틈을 노리는 암수가 숨어져 있다.

파앙-

앞으로 뻗어지면서도 불시에 꺾여 오는 발차기에 라마 잭슨이 팔을 들어 가드하며 주르륵 밀려났다.

"허억, 허억."

몸이 들썩이는 게 눈에 보일 정도로 거친 호흡을 내쉬는 라마 잭슨.

장장 몇 시간에 걸쳐 이어진 경합 탓이었다.

"내가 이렇게 질 거 같아?!"

거친 숨을 몰아쉬면서도 라마 잭슨이 맹수와 같은 눈으로 이첸리엔을 노려봤다.

그러나 상대는 더할 나위 없이 차분한 말투를 내뱉을 뿐이었다.

"전혀 단련되지 않은 움직임으로 보아 그대는 내게 닿으려면 10년은 멀었소."

"닥쳐!"

라마 잭슨은 치솟는 짜증을 숨기지 않고 온몸으로 표출했다.

마치 깔아 보듯 내리깐 눈빛.

시종일관 가르치는 듯한 태도.

장장 몇 시간 동안 이어진 경합에도 평상시와 다를 바 없는 여유까지.

초조하기 짝이 없는 자신과 달리, 지극히 여유로운 이첸리엔의 모습은 어디 하나 마음에 드는 구석이 없었다.

"아직 안 끝났어!"

목소리를 높이며 끝까지 저항해 보지만, 그것은 오히려 상황을 더 악화시켰다.

"그럼 어디 한번 막아 보시오."

팟-

말을 끝으로 이첸리엔이 쇄도했다.

한데 그는 라마 잭슨이 아닌 전혀 엉뚱한 곳으로 향했다.

다름 아닌 시트니가 있는 곳이었다.

이첸리엔에게 라마 잭슨의 막무가내식 공격은 방해도 되지 않는 수준이었다.

그래서 선회한 대상이 시트니였다.

원거리 딜러를 먼저 처리하는 것은 기본 중의 기본.

그 외에도 지난한 훈련의 막을 내리기 위함이기도 했다.

이렇게 끝내더라도 내일 또 같은 훈련이 반복되겠지만, 일단은 오늘 치 훈련에 끝을 고하고 싶었던 것이다.

하지만 시트니는 그에 순순히 당해 줄 생각이 없었다.

"어딜."

사수란 어디서 기습해 올지 모르는 적의 기습에 대응할 줄도 알아야 하는 법.

이첸리엔이 자신을 향해 방향을 비트는 순간.

팽팽하게 당겨져 있던 활시위는 그를 향해 튕겨졌다.

활시위가 튕겨졌음에도 총성과 같은 울림이 들리고.

그것에서 쏘아진 마나 화살은 여러 갈래로 분화를 이뤘다.

이에 이첸리엔이 급격하게 상체를 젖히며 발을 들어 올렸다.

-선풍각(旋風脚).

이첸리엔의 주 무기는 발을 이용하는 것.

이를 증명하듯 그의 발이 휘둘러지자, 그에 실려 있던 바람이 화살을 휘어잡듯이 움직였다.

파바바밧-

순식간에 다섯 개의 촉을 무마시킨 그는 축으로 삼은 발을 꺾으며 뒤를 향해 올려쳤다.

"커억."

돌진하던 힘 그대로 가슴팍을 얻어맞은 라마 잭슨은 순간 숨이 턱 막히는 고통을 느꼈다.

더군다나 평범한 발도 아니고 압축된 쇳덩이로 만든 신발에 가격당했으니, 그 고통을 이루 말할 수 없을 터.

숨 쉴 때마다 통증이 이는 것을 볼 때, 아무래도 뼈가 부러진 듯 보였다.

"그대는 내 상대가 되지 않는다고 하지 않았소."

그렇게 이첸리엔은 가슴을 부여잡은 채 무릎 꿇은 라마 잭슨에게 한마디를 던지고는 또다시 시트니에게로 쏘아져 갔다.

이 모든 과정을 지켜보고 있는 이가 있었으니.

다름 아닌 두 악마.

메르세데스와 아우그라였다.

"하아…… 저 인간 놈 더럽게 약하네. 무슨 발전이 없냐."

"저 정도면 잘 버티고 있는 거야. 이첸리엔이 인간들 서열에서 20위 안에 든다던데?"

메르세데스는 아우그라를 보며 썩은 미소를 지었다.

"인간들 서열이 무슨 의미가 있냐? 그 속에 섞여서 유희를 즐기고 있는 고룡이 있는데. 곧 그분 주변에 있는 인간들이 다 따라잡을 거다."

"아…… 네 말이 맞네……."

"오늘은 여기까지 해야겠다. 저 인간 놈 몸이 완전히 망가졌어."

"그, 그래…… 너무 화내지는 말고……."

명색이 왕웨이를 압도하는 악마였던 아우그라였지만, 메르세데스 앞에서 한없이 작아질 수밖에 없었다.

그렇게 메르세데스가 훈련의 끝을 알리려던 그때.

라마 잭슨의 몸에서 붉은 열기가 피어올랐다.

그는 이첸리엔을 응시하면서 주먹을 굳게 쥐어 보였다.

"내가! 언제까지 이렇게 방해만 되면서 무기력하게 질 거 같아?!"

◇ ◆ ◇

모건과의 대결을 눈앞에 둔 상황에서 라마 잭슨의 뒤에 나타난 붉은 아우라.

재건은 그것을 보고 눈을 동그랗게 떴다.

"……응?"

그에게서 느껴지는 기운이 급격하게 팽창하고 있었다.

마치 약을 먹은 이교도 놈들이랑 비슷하다고나 할까?

하지만 그것과는 사뭇 달랐다.

붉게 피어오른 아우라가 이내 라마 잭슨의 뒤에 떠오르고, 재건은 곧 하나의 형상을 볼 수 있었다.

머리는 세 개, 팔은 여섯 개.

귀(鬼)의 형상을 닮은 놈을.

"저게 뭐야? 잭슨이 저런 힘을 숨겨 뒀었다고?"

아니, 그럴 리는 없었다.

그가 미치광이 살인마로 불리던 시절에도 저런 능력이 있었다는 말은 들은 적이 없으니까.

만약 저런 힘을 숨겨 두고 있었다면 한 길드와 부딪치며 죽을 위기에 처했을 때에 사용했을 터였다.

하나 분명 가까스로 살아남아 빠져나갔다고 전해졌으니 가지고 있던 능력은 아니라는 뜻.

'그럼 저건…….'

숨기려고 숨겨 둔 게 아니라, 이면에 잠재되어 있던 힘이 어떤 계기로 인해서 수면 위로 드러났다고 보는 수밖에 없었다.

마치 특성의 개방과 같은 그 무언가가.

재건이 이런 생각을 하는 사이.

콰앙-!

라마 잭슨의 신형이 모건을 향해 쏘아졌다.

지면을 밟는 것만으로도 균열이 일어날 정도로 방대한 힘.

찰나에 거리를 좁힌 그는 순식간에 모건을 압박해 들어갔다.

그의 뒤에 형상을 이룬 것은 아수라(阿修羅).

그것은 단순히 눈에 보이는 압박용이 아니라 실체를 가진 것이었고.

카가가가강-!

모건의 소도와 격돌하며 엄청난 파찰음을 만들어 냈다.

싸움의 천재라고 불리는 모건의 표정에도 당황이 어릴 수밖에 없었다.

'이런 미친……!'

총 여섯의 팔 중 하나를 제외하고는 각기 다른 무기를 들고 있다.

소도의 곡선을 이용해 검을 흘려보내면 금강저가 곧바로 찍어 눌러 올 만큼 연계도 치명적이다.

거기에 신체 능력 강화에 특화되어 있는 그녀로서도 간신히 막아 낼 정도의 힘.

쉬이 승부를 장담할 수 없는 실력자였다.

'젠장!'

모건은 잠시 거리를 벌리기 위해 의도적으로 소도를 세워 금강저를 막았다.

까앙-!

힘의 반발력을 이용해 뒤로 몸을 날리고 빠른 속도로 머리를 굴리며 공략할 곳을 찾아내기 위해 노력했다.

한데.

"……!"

콰직!

빠르게 뻗어져 나온 주먹이 그녀의 어깨를 강타했다.

"크윽."

단 한 번 공격을 허용한 것뿐인데, 어깨가 떨어져 나가는 것 같다.

라마 잭슨의 파죽지세는 끝날 줄 모르고 계속 이어졌다.

"크하하하!!"

싸움에 심취한 그는 광기에 젖은 광포한 웃음을 터뜨렸다.

그에 반해 모건은 속수무책으로 공격을 얻어맞고 있었다.

좀체 사정거리를 가늠할 수 없었던 것이다.

마치 여의봉 같달까?

닿지 않아야 할 거리라 판단했음에도, 아수라의 팔은 여지없이 온몸을 두드려 댔다.

하여 차선책으로 틈을 파고들면 아수라가 아닌 라마 잭슨이 직접 주먹을 휘둘러 오니 어떻게 해도 공격을 허용할 수밖에 없는 상황.

하는 수 없이 모건은 하체에 마나를 치중하며 속도를 끌어올렸다.

'인정하긴 싫지만, 정면에서는 승산이 없어. 속도로 사각을 노린다.'

그녀는 라마 잭슨의 동체 시력으로 쫓기 힘들 정도의 빠르기로 움직였다.

그 결과 아수라의 여섯 팔은 그녀가 만들어 낸 잔상을 쫓기에 바빴다.

'됐어. 먹힌다.'

모건은 속으로 역시 자신은 싸움 천재라 생각했다.

생각지도 못한 힘을 마주한 아수라장 속에서도 그 능력을 파훼할 방법을 찾아냈으니까.

그때 팔이 한곳으로 쏠리며 라마 잭슨의 등과 옆구리 사이에 공백이 만들어졌다.

'지금!'

모건은 그곳을 공략하기 위해 지면을 박차고 쏜살같이 쏘아졌다.

기회가 많이 없을 거라는 걸 알고 있기에 어렵게 잡은 기회를 꼭 살려야만 했다.

최강의 힐러가 무슨 상처든 치료해 준다고 했으니 몸통을 완전히 베어 버릴 심산이었다.

그렇게 그녀의 소도가 뒤로 젖혀지며 거리를 좁히던 그때.

라마 잭슨의 입꼬리가 씨익 올라갔다.

"지금의 나에게는 사각지대라는 게 없다!"

아수라의 세 개의 머리.

각기 다른 방향을 보고 있는 여섯 개의 눈이 라마 잭슨과 시야를 공유하고 있는 것이었다.

"……!"

모건은 위험을 직감했지만 속도를 한계까지 끌어올린 탓에 신형을 멈출 수 없었다.

뒤이어 아수라의 어깨 근육이 꿈틀거리는 게 시야에 잡히고.

무기가 들리지 않은 팔이 기형적으로 옆으로 꺾이며 모건이 돌진해 오는 방향을 향해 손바닥을 뻗었다.

-아수라장(阿修羅掌)!

손바닥은 불그스름한 아우라를 폭발적으로 쏘아 냈고.

빠르게 휘둘러진 모건의 소도가 그것과 충돌했다.

콰아앙!!!

굉음과 함께 뿌연 흙먼지가 일어나고.

그것을 구경하던 이들은 마른침을 삼키며 그 결과를 기다렸다.

이윽고 조금씩 걷히는 흙먼지 속에서 드러나는 모습.

모건은 만신창이가 되어 휘청거리고 있었고, 마무리를 지으려는 듯 금강저가 그녀를 향해 휘둘러지고 있었다.

파앙!!

하지만 금강저는 무언가에 막혀 끝을 맺지 못하고 큰 파장을 일으킬 뿐이었다.

금강저를 막은 것은 다름 아닌 재건이었다.

"이만하면 됐어. 잭슨 네가 이겼다."

재건의 말과 동시에 모건은 힘이 풀린 듯 쓰러졌다.

그리고 그 순간.

아수라의 눈이 적광을 빛내며 흉흉한 기운을 담은 목소리를 냈다.

[강자로군. 나와 싸우자.]

재건은 자신을 향해 전의를 불태우는 놈을 보며 헛웃음을 흘렸다.

기운 자체는 흉흉하지만, 그것에 담긴 것은 살기(殺氣)도 아니고 그렇다고 적대감도 아니었다.

그것은 말 그대로 강한 투기(鬪氣).

강자와 싸우고자 갈망하는 것이라 볼 수 있었다.

그런 이를 바라보는 재건은 흥미롭다는 기색을 내비쳤다.

'역시 그게 맞네.'

너무 급작스레 발현된 탓에 처음에는 정체가 무엇인지 정확히 알지 못했다.

하지만 경합을 펼치는 과정을 지켜본 결과 어렴풋이 떠오르는 게 하나 있었고.

지근거리에서 기운을 느껴 보니 이 힘이 무엇인지 명확해졌다.

재건이 고개를 돌려 멀리 떨어지지 않은 곳을 바라봤다.

이내 그의 시선은 차분한 표정으로 사태를 주시하고 있는 여성에게 닿았는데.

바로 월의 가주직 제안을 거절하고 공략대에 남은 홍유나였다.

라마 잭슨은 그녀와 비슷한 유형의 헌터라 할 수 있었다.

'이런 특성이 숨어 있을 줄은 몰랐는데. 운이 좋았다고 해야 되나?'

과거 살인귀나 다름없었던 존재.

본의 아니게 그를 거둔 게 긍정적인 결과로 돌아와 버렸다.

'귀(鬼)와 신(神)이라.'

어느 존재로부터 힘을 받는다는 점에서 인물계 헌터와 비슷하다 할 수 있다.

하지만 두 부류에는 분명한 차이점이 존재하는 탓에 각각 별개의 형태로 구분하는 게 옳았다.

인물계 헌터는 힘을 빌려주는 대상이 현신하지 않는 이상 직접적인 힘을 발휘하지 못한다.

반면 라마 잭슨의 경우에는 직접적인 타격을 주는 게 가능하다.

이런 측면에선 인물계의 상위 호환이라 봐도 무방할 것이다.

하지만 여기서 두 부류가 극명하게 차이를 보이는 부분이 있었으니.

바로 존재에 따른 여파를 무시할 수 없다는 측면이었다.

유대감을 쌓으며 역량을 쌓아가는 인물계와 달리, 두 사람의 경우에는 힘을 빌려주는 주체가 어떤 존재냐에 따라 천차만별로 갈리기 때문이었다.

'이런 걸 보면 악마계와도 비슷하네.'

그 단적인 예가 눈앞에 펼쳐져 있었다.

머리가 세 개에 팔이 여섯이나 달린 괴물.

누가 봐도 귀라 부르기에 부족함 없는 외관과 더불어 강자라는 이유만으로 다짜고짜 싸우자고 덤벼드는 성향.

어쩌면 라마 잭슨의 광기는 저 존재에게서 비롯된 것일지도 몰랐다.

그와 달리 신이라 불리기에 적합한 선녀를 모시는 홍유나의 경우에는 선녀 특유의 차가움을 내포하고 있었다.

얼속힐이라 불리는 성격은 그에 비롯된 것이었다.

그만큼 귀와 신은 헌터의 성정과 매우 닮아 있다.

'음…… 아닌가?'

특성을 개화하지 않았던 라마 잭슬을 떠올리면, 애초에 그들과 비슷한 성정을 지닌 헌터에게만 힘을 빌려주는 것일지도 모를 일이었다.

그렇게 이런저런 생각이 꼬리를 물고 이어지며 머리가 바쁘게 굴러가는 와중.

라마 잭슨은 멋대로 싸움을 건 아수라와 한바탕 소동을 벌이고 있었다.

"미쳤어? 당장 어르신한테 사죄드려."

[어르신? 이 작자를 말하는 건가? 뭘 사과하라는 거지?]

"네가 나한테 큰 도움이 된다는 것도 알고, 싸움을 좋아한다는 것도 알겠는데. 그것도 사람 봐 가면서 나대야지. 이분이 어떤 분인 줄 알고!"

라마 잭슨이 언성을 높여 가며 재건에 대한 설명을 덧붙이지만, 아수라는 그에 전혀 괘념치 않았다.

아니, 그의 설명을 들으면서 전보다 더한 투지를 불태웠다.

[그렇다면 더욱이 싸워야 한다. 강자와 끊임없이 싸우는 것이야말로 나 아수라의 존재 이유. 너 또한 그렇지 않은가? 너 자신을 속이지 마라.]

"죽고 싶어 환장한 것도 아니고……!"

그렇게 격양되어 목소리를 더 높이려는 찰나.

재건이 두 눈을 빛내며 말허리를 끊었다.

"방금 뭐라고 했어?"

재건의 말에 라마 잭슨이 황급히 아수라를 제지하고 나섰다.

"오해십니다! 저는 어르신과 싸울 생각이 추호도 없습니다!"

"아니, 넌 잠깐 빠져 있어 봐."

작은 키가 아님에도 재건도 고개를 들어 올려다봐야 할 정도의 장신의 거한.

머리가 세 개에 팔이 여섯 개인 귀(鬼).

그리고 그것의 피날레를 장식할 이름.

높이 치켜든 재건의 시선은 여전히 투기를 활활 불태우고 있는 존재에게 닿아 있었다.

"이름이…… 아수라라고?"

[그렇다. 나는 아수라도(阿修羅途)의 왕, 아수라. 너에게 정식으로 결투를 요청한다.]

"와우…….."

너무 놀란 탓에 저절로 턱이 벌어졌다.

싸움에 대한 갈망이 투철하다 못해 강약약강이 아닌 강한 자에게만 끌리는 일종의 변태기까지 보유한 라마 잭슨.

어떤 연유로 둘의 관계가 이어지게 되었는지를 드디어 깨달을 수 있었다.

'이건 닮은 게 아니라 아예 빼다 박은 거네.'

아수라(阿修羅).

속설에 따르면 전쟁이 끊이지 않는 혼란의 세계인 아수라도에서 끊임없는 싸움을 즐기는 놈이었다.

라마 잭슨은 아마도 중국에서 이첸리엔에게 처절한 쓴맛

을 봤을 터.

어떻게든 그를 꺾고 말겠다는 투지가 일종의 각성 형태로 접어들면서, 아수라를 불러들인 게 틀림없었다.

'접귀(接鬼)라고 해야 되나? 만일 내 생각이 맞다면…… 모건이 진 것도 이해가 안 되는 건 아니지.'

아수라는 말 그대로 싸움귀다.

얼마나 오랜 시간을 싸워 왔는지조차 가늠할 수 없을 정도로, 많은 생사결을 펼쳐 왔을 것이다.

아무리 모건이 싸움 천재라고 불린다고 한들 그보다 한 단계 위에 있을 아수라를 이기는 건 불가능에 가까웠다.

억겁의 시간 동안 축적된 경험은 그녀와는 비교도 되지 않을 수준에 도달해 있을 테니까.

'나에 비해서도 그렇겠지.'

어쩌면 놈에게 배울 게 있을지 모른다는 생각이 들었다.

그와 더불어 공략대의 일원인 라마 잭슨을 적절하게 배치하기 위해서는 아수라의 힘을 몸소 겪어 볼 필요성도 있었고.

"좋아. 원하는 대로 해 주지."

재건은 재백과 홍유나가 있는 곳으로 고개를 돌리면서 말했다.

"모건 데려가서 치유 좀 해 줘. 지금 안 싸워 주면 끝까지 귀찮게 굴 거 같으니까."

"예."

"내가 치유할 대상이 잭슨이 아니라 이 여자일 줄은 몰랐네."

두 사람이 모건을 데리고 자리를 벗어나자, 재건은 아수라와 라마 잭슨을 번갈아 봤다.

"시작하자."

일정 간격을 두고 사이를 벌린 두 사람.

잭슨은 아수라에게 사과할 것을 말했지만, 재건이라는 강자와 맞붙는다는 사실에 가슴이 콩닥대고 있었다.

이첸리엔은 물론이고, 모건까지 짓밟은 상황.

정말 어쩌면 재건을 이길 수 있지 않을까 하는 생각마저 들었다.

[엄청난 강자다. 내가 싸움에서 진다는 건 상상해 본 적도 없건만, 이건 승산을 장담할 수 없겠어. 진지하게 가겠다.]

그런 그의 생각을 읽기라도 한 듯, 아수라가 흉흉한 기운을 더욱 뿜내며 여섯 팔을 움직였다.

그리고 손을 까딱거리며 선공을 양보하고 있는 재건을 향해 짓쳐 들었다.

아수라의 기운에 의해 진동되는 공기.

이내 파공성을 그린 길쭉한 팔이 재건을 향해 뻗어졌다.

파앙-!

가뿐히 그것을 회피하는 재건.

예상이라도 한 듯 그런 그를 향해 쉴 틈 없는 폭격이 이어졌다.

파바바방-!

아직 몸을 제대로 풀지 않았다는 점을 감안해도 아수라의 공격은 매서웠다.

'날카롭고 묵직하네. 모건이 왜 그렇게 속수무책으로 당했는지 알겠어.'

하나의 의지로 이어지는 여섯 팔의 연계.

그것은 세 사람이 합격을 쏟아 내는 것과는 비교도 되지 않을 만큼 효율적으로 움직였다.

게다가.

휘리릭- 콰앙-!

재건의 옆으로 스치는 긴 줄기가 지면을 강타하면서 지면을 울렸다.

거리를 벌리려 하면 무엇으로 만들었는지 모를 단단한 노끈이 곧장 휘어져 들어오는 것이었다.

저 단단함은 무언가를 묶는 끈이라고는 생각하기 힘들었다.

차라리 부수기 위해 만들어진 거라고 보는 편이 맞았다.

하지만 그것도 잠시 땅을 그으며 뱀처럼 휘어 감겨져 온 주먹이 허를 찔러 온다.

"워우!"

두 손을 들어 막아 내는 재건.

하나 아수라는 이미 제 목적을 이룬 뒤였다.

상대의 신체를 허공에 띄우며 다리를 묶었으니까.

기다렸다는 듯 아수라의 손바닥이 점점 거대해지며 재건에게 다가왔다.

-아수라장(阿修羅掌)!

모건을 일격에 날려 버렸던 기운이 재건을 향해 으르렁거렸다.

하체가 무너지면, 신체의 모든 밸런스가 무너지는 법.

제대로 된 공격은 물론이고 방어 또한 몸의 하중이 지면에 고정되어 있을 때, 그것을 지탱해 줄 곳이 있을 때야 비로소 만들어지는 것이다.

아수라의 두 다리는 지면에 단단한 버팀목이 되어 허리에 힘을 실어 주고, 반면에 재건은 공중에 몸이 뜬 채 두 팔로만 놈의 뻗어지는 손을 받아 내야 했다.

쩌엉-!! 투쾅!!

엄청난 기운에 재건의 신형은 가속도가 붙어 날아가 처박히고, 흙먼지를 일으켰다.

그때 라마 잭슨이 희미한 웃음을 지었다.

"내, 내가 이긴 건가?!"

반면 아수라는 전혀 기운을 거두지 않으며 인상을 구겼다.

[그딴 말 하지 마라. 수라도에서 그런 말은 금기시되다시피 한다. 고작 이 정도에 무너질 자라면 내가 강자라고 인정하지도 않았겠지. 싸움은 끝날 때까지 끝난 것이 아니다.]

오래 축적된 경험은 이 싸움이 여태까지 겪었던 어떤 싸움보다 즐거울 것이라고 말하고 있었다.

아수라는 굳이 생사를 확인할 필요도 없다는 듯이 움직일 것을 재촉했다.

생각은 잭슨에게 연결되어 곧장 행동으로 이어졌고, 그는 흙먼지 속으로 돌진했다.

그때였다.

뿌연 흙먼지 속에서 솟구쳐 나오는 인영.

재건은 보란 듯이 멀쩡한 상태로 아수라의 주먹에 주먹을 꽂아 넣었다.

파앙-!

주먹과 주먹의 충돌에 커다란 파장이 일어났다.

뒤이어 아수라의 어깨는 기괴한 소리를 내며 꺾이지 않아야 할 방향으로 꺾였고.

콰직-

힘을 감당하지 못하고 떨어져 나갔다.

아수라는 그에 신경 쓰지 않았다.

떨어져 나간 팔이야 시간이 지나면 얼마든지 회복할 수 있었으니까.

[크하하하!!]

오히려 즐겁다는 듯 광소를 내뱉으며 남은 팔을 움직여 댔고.

재건은 그것을 회피하지 않고 모두 쳐 냈다.

경쾌하게 뻗어지는 주먹이었지만, 아수라는 그것을 감당하지 못했다.

투두두둑-

그리고 품을 파고들어 실질적으로 아수라의 본체라 할 수 있는 라마 잭슨의 복부에 주먹을 꽂아 넣었다.

모건은 막았을지 몰라도 재건을 막기에는 역부족이었다.

"커헉."

일격에 뼈가 으스러지고.

숨이 턱 막히는 고통에 그의 신형이 꼬꾸라지던 그때.

아수라의 눈이 모두 재건을 향했다.

놈의 등을 뚫고 나오는 또 하나의 팔.

수중에 쥐어진 금강저가 펼쳐지며 그곳에 붉은 아우라가 응축되고 있었다.

"......!"

실로 엄청난 기운이었다.

S급인 잭슨이 온 마나를 전부 뽑아낸다고 해도 불가능한 영역.

저것이 폭발하면 이 일대는 쑥대밭이 된다고 해도 과언이 아니었고, 아수라는 주위에 포진해 있는 약한 존재들이 휩쓸릴 것이라는 것을 알고 있었다.

[싸움이라는 건 언제나 지킬 것이 많은 쪽이 불리한 법이다.]

그러면서 응축된 기운을 하늘로 쏘아 올렸다.

천천히 떠오르는 붉은 구슬.

재건의 인상이 험악하게 구겨졌다.

"너도 나중에 교육이 필요하겠군."

말을 끝으로 그는 아공간에서 칠흑같이 검은 검을 꺼내 들었다.

그리고 그것에 마나를 싣자 청명하게 빛나던 마나가 이내 검게 물들어 갔다.

일전에 브론과의 대련에서 하나 깨달은 게 있었다.

이 검이 만들어 내는 검기는 날카롭기만 한 게 아니라는 것.

단순히 베어 낸다는 개념이 아닌, 대상 자체를 지워 버린다는 쪽에 근접했다.

그러니 브론이 만들어 낸 공간이 소멸되고, 검기가 그를 향해 쇄도했던 것이었다.

그리고 한 가지 더.

소멸에 중점을 두고 있는 패도적인 검기에는 흡수의 성질 또한 담겨 있다.

그것이 검 자체에 있는 건지, 마나가 응축된 검기에 있는 건지는 모르지만.

지금 중요한 것은 이것이 저 붉은 구슬을 잠재울 수 있다는 것.

재건은 마나를 머금자 또다시 요동치려는 검의 기운을 억누르며 동시에 검은 마나를 응축시켰고.

옆으로 젖혀진 검이 이내 하늘을 향해 사선을 그렸다.

구우웅-

대기를 빨아들이는 마나의 진동.

그것은 검기가 아닌 검은 드래곤의 머리를 그리며 솟구쳤다.

실제로 울부짖은 것은 아니었다.

하지만 주변의 이들은 짙은 포효를 들었고, 온몸에 소름이 돋았다.

그리고 그것은 흉흉한 기운을 담은 붉은 구슬을 향해 거대한 입을 열어 젖혔다.

꽈드득-!

검은 마나와 붉은 아우라가 충돌하는 것은 잠시에 불과했다.

검기라 부르기도 애매한 그것은 붉은 구슬의 기운을 잠식시키고, 흡수했다.

그리고 여의주를 문 이무기가 승천하듯이 높은 곳으로 솟구치며 자취를 감췄다.

천재지변을 일으킬 수 있었던 소동이 아무 일도 없었다는 듯이 막을 내린 것이었다.

아수라는 멍하니 허공을 바라보며 읊조렸다.

[……드, 드래곤?]

재건은 흑검(黑劍)을 놈의 목에 들이밀며 말했다.

"어느 수준인지는 알았고. 이제 교육 시간이다."

Chapter 78. 마계(魔界)

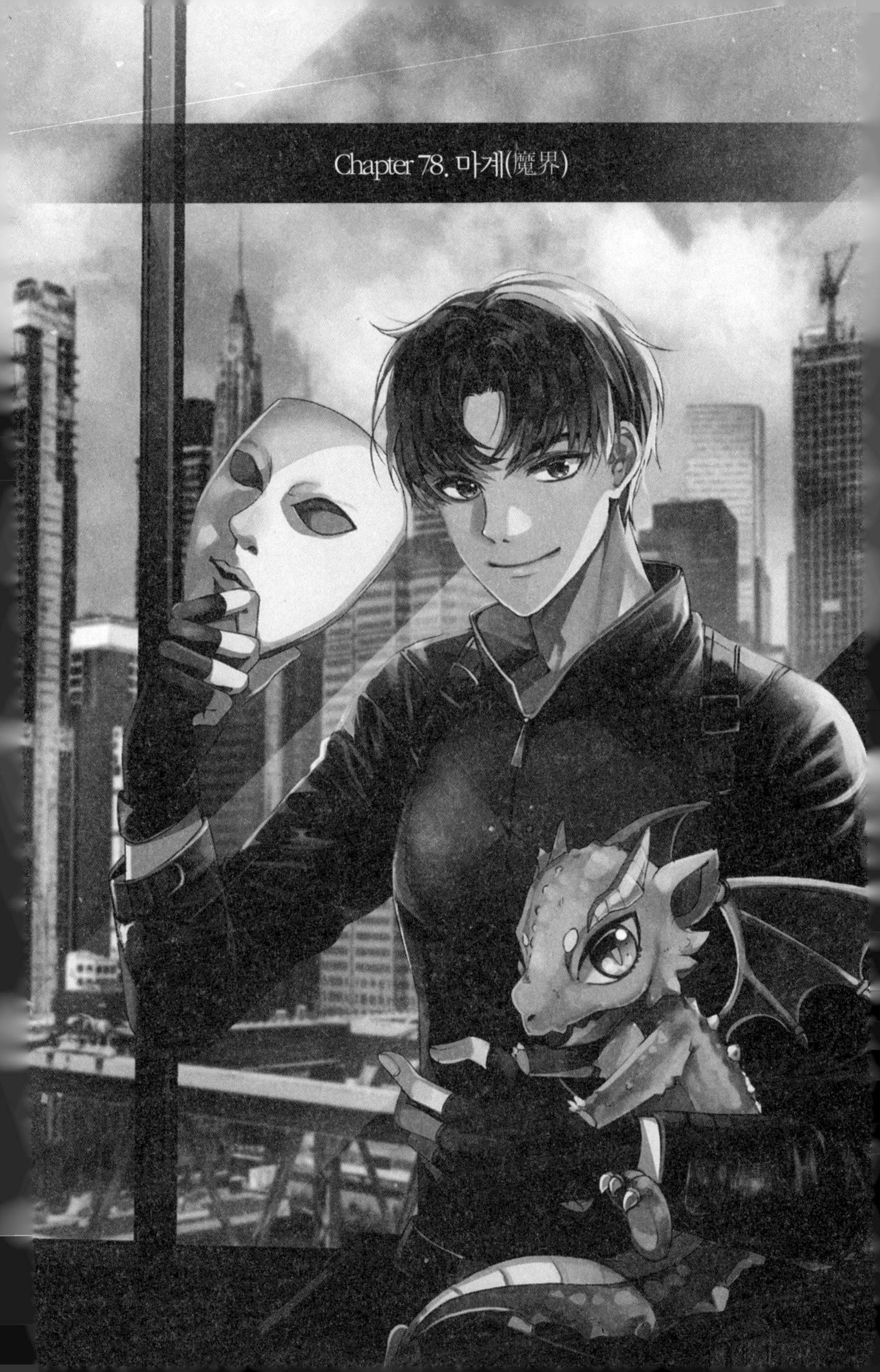

Chapter 78. 마계(魔界)

아수라도.

순수한 강함만이 자신의 존재를 증명하는 길이자, 육신이 부서지고 잘리는 고통이 진정한 전사로 거듭날 수 있는 과정이라 여겨지는 곳.

때문에 전쟁과 사투가 끊임없이 벌어졌다.

그런 곳에서 힘의 정점이라 불리는 이가 바로 아수라.

전쟁을 종식시키지는 못해도 모든 수라들에게 왕이라 인정받았다.

수라들 중에서도 궤를 달리한다는 전사들이 그 강함을 인정한 것이었다.

그 위치에 오르기까지 얼마나 지난한 시간이 지났는지 알 수 없었다.

싸움은 언제나 흥분을 불러일으켰고, 힘들다는 감정도 지루함도 느껴 본 적이 없었으니까.

하지만 왕이라는 위치에 오른 이후로 그의 일상에 큰 변화가 일어났다.

수라들이 그와 싸우는 것을 거부한 것이었다.

힘의 격차가 극명한 탓에 그 누구도 도전해 오지 않았다.

더 이상 뇌리를 관통하는 쾌감도, 온몸을 짓눌러 오는 중압감도 느낄 수 없게 된 것.

그에게 남은 것은 따분함과 평범한 나날의 연속뿐이었다.

하여 그는 활기를 되찾기 위해 다른 곳으로 눈을 돌렸다.

끊임없는 전쟁이 이어지는 인간들의 세계로.

그곳에서 성질이 너무도 잘 맞는 한 인간을 발견했고, 그와 관계를 맺었다.

그 과정에서 힘의 일부를 잃었지만, 그런 것은 하등 상관이 없었다.

왜?

이동과 동시에 펼쳐지는 치열한 전투.

이곳은 왕이 되기 전 수라도와 같이 그에게 많은 싸움을 가져다줄 거라 의심치 않을 곳이었으니까.

'크하하하!! 역시 여기로 오길 잘했어!'

그렇게 생각하며 또 다른 신나는 싸움을 즐기는 과정에서 찾아낸 강자.

그의 압도적인 힘은 자신이 닿을 수 없는 아득한 곳에 있었다.

어떤 변수도 허용치 않는 육괘를 무기 하나 들지 않고 회피와 방어만으로 받아 내는 모습은 기염을 토하게 만들었다.

'나를 일반 수라 데리고 놀듯이 하다니, 이 얼마나 즐거운 일인가!!'

그렇게 얼마 지나지 않았을 때.

그는 육괘가 철저하게 파훼당하고, 팔이 떨어져 나가는 신기한 경험을 했다.

하지만 당황하지 않았다.

싸움에서의 새로운 상황은 곧 자양분이 되어 성장 동력으로 작용할 테니까.

그리고 무엇보다 지지 않을 자신도 있었다.

[크크큭.]

숨겨 둔 칠괘가 금강저를 잡고, 이곳을 초토화시킬 '초열수라폭'을 하늘로 날린다.

눈앞의 강자는 어쩔 수 없이 저것을 온몸으로 받아 내야 할 것이었다.

그렇지 않으면 주변의 나약한 생명체는 흔적도 없이 소멸될 테니까.

누군가를 지킨다는 건 그런 것이었다.

싸움의 승패에 지대한 영향을 미치는 악재.

아수라는 자신의 승리를 믿어 의심치 않았다.

설령 초열수라폭을 몸으로 받아 내고도 살아남았다 해도, 만신창이가 된 상태의 그는 더 이상 자신의 상대가 아닐 터였으니.

또 한 번 강자와의 싸움에서 승리했다는 것.

그것은 극도의 희열이 되어 강렬한 전율을 일으켰다.

하지만 그 전율은 오래가지 못했다.

흑검을 타고 오르는 검은 마나가 드래곤의 형상을 이뤘기 때문이었다.

단순히 형태만 그런 것이 아니었다.

그것은 진짜였다.

초열수라폭을 원래 존재하지 않았던 것처럼 흔적도 없이 지워 버렸으니…….

[……드, 드래곤?]

너무 놀란 탓에 말까지 더듬는 사이.

어느새 상대의 검이 목아 닿아 있었고.

이때의 아수라는 전혀 알지 못했다.

자신에게 무슨 일이 벌어지게 되리라는 것을.

제대로 된 반항도 해 보지 못한 채 떨어져 나가는 신체 부위들.

재건의 교육이 시작되었다.

"다시."

얼음장같이 차가운 음성이 내뱉어지자, 라마 잭슨은 덜덜 떨면서도 그의 명에 따라 아수라를 계속해서 소환했고.

등장하기 무섭게 여지없이 육편이 되어 흩날려 갔다.

그러기를 수십 번.

그럼에도 불구하고 아수라는 광기에 젖은 웃음을 내뱉으며 주먹을 뻗었다.

[크하하하!! 정말 강하구나!! 내 언젠가 너를 뛰어넘을 것이다!!]

상대가 강하면 강할수록 더한 투지를 불태우는 존재.

이것이 바로 아수라였다.

당장의 괴로움은 새로운 목표가 생겼다는 사실만으로 손쉽게 지워질 정도로 미미한 것이었다.

재건도 그것을 알고 있었다.

그렇기에 어떠한 표정 변화도 보이지 않은 채 멈추지 않고 검을 놀릴 뿐이었다.

이를 지켜보던 이들은 끔찍한 광경에 혀를 내둘렀다.

"악마야……."

"악마보다 더하면 더했지, 덜하진 않는 듯……."

그것은 진짜 악마인 메르세데스도 공감하는 바였다.

오히려 고개를 떨구고 몸을 부들부들 떨어 대며 다른 이들보다 더 격한 반응을 내비쳤다.

'괘, 괜찮아…… 나한테 그러는 게 아니야…….'

떠올리기 싫은 지난날의 기억이 고개를 내밀고 있었다.

인간이 아닌 존재이기에, 단순히 육체적 고통을 느끼는 것이 전부라 생각할 수도 있었다.

그렇기에 그녀 또한 처음에는 버텼다.

어차피 죽는 것도 아니고, 그다지 고통스럽지도 않았으니까.

하지만, 그에 그쳤다면 자신이 이렇듯 두려움을 느끼지도 않았을 터.

무릎을 꿇고, 눈물과 콧물을 다 쏟아 냈던 것은 아무것도 하지 못한다는 무력감에 기인한 것이었다.

그것에서 일어나는 정신적 붕괴가 굴종의 주된 원인이었다.

과거의 끔찍했던 감정은 지금까지도 트라우마로 남아 메르세데스를 괴롭히고 있는 상황.

그렇기에 앞으로 어떤 일이 벌어질 것인지는 굳이 보지 않아도 알 수 있었다.

저 귀(鬼)도 지금은 버티고 있지만, 얼마 지나지 않아 자신과 같은 처지가 될 것이라 확신했다.

그런 가운데서도 여전히 검을 휘두르는 재건과 등장과 퇴장을 반복하는 아수라.

그렇게 순식간에 수백 번이 됐을 어느 무렵.

소환됨과 동시에 양팔이 잘려 나간 아수라가 스스로 무릎을 꿇었다.

[그, 그만!]

재건은 가만히 그를 바라봤다.

"뭐?"

[이건 싸움이 아니다!]

"아직도 말이 짧네."

촤악-

재건은 가차 없이 그의 목을 베어 버렸다.

그리고 라마 잭슨이 다시 그를 소환했을 때, 아수라는 여섯 팔을 파리처럼 비벼 댔다.

[죄, 죄송합니다! 제가 죽을죄를 지었습니다! 다시는 까불지 않을 테니 제발 그만…….]

아수라도에 있는 수라들이 봤다면 당장에 그를 왕의 자리에서 끌어내렸을 법한 모습이었다.

결코 굴복하지 않을 것만 같았던 아수라가 이런 모습을 보이는 데에는 이유가 있었다.

이것은 싸움이 아닌 일방적인 살육이라는 것.

싸움에서 즐거움을 얻는 그에게 이보다 더한 고통은 없던 것이었다.

재건이 노린 점이 바로 이런 점이었는데.

'이걸 깨닫는 데에 이렇게 오래 걸릴 줄이야. 싸움밖에 모르는 멍청한 놈이라 그런가?'

덕분에 메르세데스를 교육했을 때보다 훨씬 오랜 시간이 소모되었다.

재건은 손바닥에 불이 나도록 비비고 있는 아수라의 목에 검은 가져다 대며 말했다.

"뭘 잘못했는데?"

아수라는 황급히 눈을 뜨고 그의 물음에 대답했다.

[싸움에서 비겁한 수를 썼습니다! 다시는 그렇게 하지 않을 것을 약속드리겠습니다.]

"잘 아네. 난 내 주변을 건드리는 걸 정말 싫어하는 사람이야. 한 번만 더 그랬다간 평생 싸움에 발도 못 붙일 줄 알고 있어."

[예…… 명심 또 명심하겠습니다.]

이렇게 수라도의 왕이 재건에게 무릎을 꿇은 그때.

청명하게 빛나던 하늘에 먹구름이 찾아오고, 순식간에 어둠이 내려앉았다.

그저 어둡기만 한 게 아니라 살을 찌르는 스산한 기운이 느껴졌다.

"언제 열리나 했더니 이제 열리네."

고개를 떨구고 있던 메르세데스의 동공이 확장된 것도 동시였다.

당장 번개라도 떨어질 것처럼 파지직거리는 하늘.

그것에서 느껴지는 기운은 메르세데스에게는 너무도 친숙한 것이었다.

"통로가 열린다?"

그녀의 말이 떨어지기 무섭게 검붉은 벽력이 지면을 강타했고, 그것은 거센 스파크를 만들어 내며 칠흑같이 어두운 색의 게이트를 생성했다.

무적 공략대는 조금 전의 일은 새까맣게 잊고 그것을 구경하기에 여념이 없었다.

"저게 뭐야?!"

"이중 게이트?!"

"색이 왜 저렇지?"

재건은 저벅저벅 걸어서 그곳에 당도했고, 안 쪽에 손을 넣어 보더니 이내 만족스러운 미소를 지었다.

생각하고 있던 게 맞는 것 같았다.

"메르세데스. 이거 마계로 가는 문 맞지?"

"예, 예! 맞습니다!"

그녀는 어째서 마계의 통로가 열린 것인지 의문을 품는 와중에도 재건의 물음에 재빠르게 대답했다.

그때 마실을 나갔던 초롱이와 릴리스가 그의 옆으로 순간이동해 왔다.

초롱이는 재건의 품에 폴짝 뛰어올라 안기며 손으로 그것을 가리켰다.

"아빠 저거 모야?"

"마계로 가는 문이야."

"마계? 그게 모야?"

"음……."

뭐라고 설명해야 할지 감이 잡히지 않아 대답을 망설이고 있던 그때, 마계의 통로를 알아본 릴리스가 숨기지 않고 불쾌감을 표출했다.

"더러운 하계(下界) 놈들이 감히 주제도 모르고 설쳐 대는구나."

재건이 고개를 갸웃거리며 물었다.

"하계? 그거 마계를 말하는 거야?"

"마계는 무슨. 그건 인간들이 악마가 사는 곳이라며 멋대로 붙여 넣은 것. 제대로 된 명칭은 하계가 맞다."

"그럼 상계(上界)도 있어?"

"우리 드래곤 일족이 사는 곳이 바로 상계다."

생각지도 못했던 대답에 재건의 턱이 벌어졌다.

재건이라고 전부를 아는 것은 아니었으니까.

애초에 드래곤을 레이드했던 것은 과거 블루 드래곤 '에이자르'가 최초이자 마지막.

전해 들은 이야기에 따르면 놈은 지성체의 정점이라는 드래곤답지 않게, 대화도 통하지 않았으며 광기에 젖은 것처럼 길길이 날뛰었다고 했다.

그러니 어째서 게이트에 있던 것인지, 또 다른 드래곤은 어디에 사는지는 지금까지도 미문으로 남아 있었는데.

어쩌면 지금이 그 의문을 해소하는 기회가 될지도 몰랐다.

"릴리스."

친근하게 자신의 이름을 부르는 재건의 목소리에 불쾌감을 내비치던 릴리스는 언제 그랬냐는 듯 홍조를 띠며 대답했다.

"왜, 왜 부르는 것이냐."

"혹시 에이자르라고 알아?"

그러자 릴리스가 표정을 굳혔다.

"폴리모프도 하지 않고 인간계로 내려온 짐승을 얘기하는 것이냐?"

"응?"

"에이자르는 트라페울에게 홀려 인간계 말살을 계획했던 얼뜨기다. 그놈은 블루 일족 중에서도 허접하기로 소문이 났던 놈이었다."

"……."

내로라하는 헌터들의 목숨을 수없이 앗아 가고, 세상에 멸망을 가져올 뻔했던 드래곤이 허접이라니.

드래곤의 강대함을 새삼 깨닫는 순간이었다.

재건은 고개를 저어 잡념을 날려 버리곤 생각을 정리했다.

'지금 중요한 것은 그게 아니지.'

딥 블루가 가지고 있는 지속 게이트 안에 마계로 통하는 문이 열렸다는 것.

이것이 의미하는 건 미국에도 이와 같은 통로가 만들어졌다는 뜻이었다.

'지금쯤 난리가 났겠네.'

재건은 아직도 그날의 기억이 선명했다.

외형은 기존과 동일하나 처음 보는 색깔과 등급조차 측정되지 않는 게이트의 등장.

회귀 전, 이 상황을 마주한 미국 협회는 게이트에 측정 불가 등급을 매기고 '에이자르'급의 인류 최악의 사태를 선언했었다.

인간은 배우는 동물이란 말처럼, 이미 블루 드래곤 에이자르를 통해 한 차례 수모를 겪었기에 나름 대비했던 것이다.

미래가 크게 바뀌지 않아 똑같은 역사가 반복된다면, 분명 선투입될 이들을 선별할 것이다.

그 기준에 합당한 곳은 굳이 고민할 필요도 없었다.

세계 최강의 위엄을 자랑하는 제니스.

그들 이외에 거론될 곳은 그 어디에도 없었다.

'지금 생각해 봐도 프렉달이 일군 업적이 대단하긴 하네.'

제니스의 역사는 그리 오래되지 않았다.

당장 길드 설립자이자 마스터인 프렉달은 40을 갓 넘은 나이의 중년인.

그 말인즉, 유서가 깊지 않음에도 불구하고 제니스가 세계 최강의 자리에 오르기까지 20년이 채 걸리지 않았다는 뜻이었다.

이는 세계 랭킹 1위에 빛나는 프렉달과 세계 랭킹 4위이자 최고의 힐러로 손꼽히는 제이미 홈즈가 있기에 가능한 일이었다.

어떤 위험이 도사리고 있을지 모를 곳이기에, 협회는 제니스를 공략 적임자라 판단하고 정식으로 요청할 것이다.

이후 마계에 잠입한 그들은 성 세 개를 파죽지세로 휩쓸게 되는데.

그 과정에서 마계의 진귀한 보물들을 독차지하고 한층 도약하게 된다.

그것이 과거에 벌어졌고, 이후에도 반복될 역사.

하나 재건은 그대로 놔둘 생각이 없었다.

'남 좋은 일을 지켜만 볼 수는 없지.'

그들보다 먼저 마계에 가서 쓸 만한 것들을 가져올 심산이었다.

하지만 어디까지나 그건 부가적인 요소에 불과하고, 진짜 목적은 다른 곳에 있었다.

재건은 자신의 품에 안겨 있는 초롱이를 보며 나긋하게 말했다.

"초롱아, 말론에게 가는 공간 좀 열어 줄래?"

"말론? 아~ 알아써! 나한테 맡겨!"

풀쩍 뛰어내린 초롱이는 단 한 번 손을 휘젓는 것으로 공간을 찢었다.

"짜잔! 어때 아빠? 나 잘해써?"

"응, 역시 우리 초롱이가 최고야."

재건은 짧은 칭찬과 함께 녀석의 머리를 쓰다듬고, 옆으로 시선을 돌렸다.

"재백."

"예, 주군."

"모건 데리고 가서 말론한테 사과하는 거 확인하고. 그다음에 미국에 있는 우리 공략대 인원들 전부 데리고 여기로 와."

"존명."

재백은 모건을 데리고 공간을 타고 넘어갔다.

이후 재건의 시선은 한구석에서 벌벌 떨고 있는 메르세데스에게로 향했다.

"마계는 길이 다 거기서 거긴 거 같아서 말이야. 마계 안내 좀 부탁하자."

메르세데스의 두 눈은 거칠게 요동쳤다.

마계와 드래곤은 철천지원수 사이.

그런 상황에서 고룡 둘에 자식까지 데리고 마계를 거닌다?

이는 마계 전체를 적으로 돌리겠다는 말이나 다름없었다.

하지만 그녀에게 선택권은 없었다.

왜?

그는 마왕보다 두려운 존재니까.

'하…… 어쩌다 내가 이렇게 된 거야!!!'

◇ ◆ ◇

재백과 함께 공간을 타고 넘어온 모건.

그녀가 정신을 차렸을 때는 말론이 앞에 서 있었다.

한기가 절로 느껴지는 재백의 감시하에 그녀는 힘겹게 한 마디를 꺼냈다.

"……미안하게 됐다."

고개도 숙이지 않고, 꼿꼿이 서서 손만 슬쩍 내미는 그녀.

이에 말론이 잠시 당황 어린 표정을 지었으나, 그것도 잠시.

금세 미간을 찌푸리며 내밀어진 손을 바라봤다.

진정성이 전혀 느껴지지 않는, 어쩔 수 없다는 듯 건네는 사과였기 때문이다.

말론은 슬쩍 시선을 돌려 곁에 선 재백을 바라봤다.

별다른 말 없이 서 있지만, 그 얼굴엔 탐탁지 않다는 듯한 감정을 드러내고 있었다.

사라졌다 돌아온 모건이 사과를 건네는 것과 이를 달갑지 않게 바라보는 재백.

그것들에서 무슨 일이 벌어진 것인지는 빠르게 파악할 수 있었고.

자신의 포지션을 확인한 말론은 내밀어진 손도 잡지 않은 채 건성으로 대답했다.

"됐으니까 얼른 꺼져 버려. 너도 알겠지만, 네가 또 내 앞에 나타나는 그때는 제니스 전체가 나한테 사과할 때일 테니까."

제니스 전체를 깎아내리는 말.

평소 같았다면 응당 대가를 치르게 만들겠다면 길길이 날 뛰어도 부족함이 없었지만.

지금의 모건은 반박조차 할 수 없었다.

"……간다. 생각 같아서는 나도 다시는 안 봤으면 좋겠는데, 그건 하늘의 뜻에 달려 있겠지."

그 말을 끝으로 몸을 돌려 빠르게 사라지는 모건.

그제야 재백이 무겁게 닫혀 있던 입을 열었다.

"가시죠. 주군께서 기다리고 계십니다."

"알겠습니다."

두 사람은 열려 있는 공간으로 발을 내디디며 사라졌고.

제니스와의 해프닝은 그렇게 일단락되었다.

그 시각, 가까스로 목숨을 건진 모건은 어딘가를 향해 빠른 속도로 이동했다.

'이건 뭔가 잘못돼도 단단히 잘못됐어.'

강압에 못 이겨 억지로 사과한 것도 분했지만, 그보다는 더 큰 문제가 산재해 있었다.

자신을 기절시킨 '라마 잭슨'.

가공할 치유 능력을 보유한 선녀 특성의 홍유나까지.

전부를 본 것은 아니지만, 무적 공략대의 힘은 어느새 제니스에 버금가는 수준에 올라 있었다.

이것만으로도 머리가 아플 지경이지만, 앞선 내용은 맛보기에 불과했다.

빠드득

잠깐 떠올린 것만으로도 이가 갈릴 만큼 격정이 치솟았다.

'이재건……'

무적 공략대의 중심이자, 대한민국이란 조그만 나라의 정점에 선 헌터.

그의 힘은 상정을 아득히 뛰어넘었다.

물론 억지로 이해하려고 하면 어떻게든 이해할 수 있었다.

SS급의 반열에 오른 자들은 자신이 어떻게 해 볼 수 없는 수준에 있는 이들이었고, 그는 무한한 성장이 가능한 특성을 가지고 있으니까.

문제는 그와 비슷한 수준의 힘을 보유한 정체불명의 여인이 함께하고 있다는 것.

'아니, 비슷하지 않아. 프렉달이 아무리 강하다고 한들 그들과 붙으면 백 퍼센트 패배한다.'

잠시 상상해 본 것만으로도 끔찍한 결과가 떠오르며 온몸에 소름이 돋았다.

다른 가정을 해 봐도 결과는 매한가지.

빠르게 내달리는 와중에 내린 결론은 하나뿐이었다.

'절대 건들면 안 돼!'

그것이 모건이 쉴 새 없이 내달리는 이유였다.

그렇게 혼신을 다해 달린 끝에 마침내 목적지인 제니스 길드에 도달할 수 있었고.

길드원들의 인사를 가뿐히 무시한 그녀는 곧장 엘리베이터를 타고 최상층으로 향했다.

띠잉-

문이 열리며 그녀를 맞이하는 한 사람.

"모건 님, 무슨 일이신지……."

마스터의 비서가 미리 연락을 받은 것인지 미리 대기하고 있었다.

하지만 모건은 설명할 시간도 아깝다는 듯 쌩하니 지나쳐 마스터실의 문을 벌컥 열어젖혔다.

"프렉달!!!"

뒤이어 마스터실이 떠나갈 정도로 외치며 성큼성큼 걸음을 옮기는 그녀.

그에 따라 책상을 가득 메우고 있던 서류들이 나풀거리며 바닥으로 흩어졌다.

그로부터 얼마 지나지 않았을 무렵.

쿵-!

그녀가 깊은 인상을 쓴 채 책상을 내리치며 누군가를 바라봤고.

"하아…… 모건. 갑자기 찾아와서 왜 이러는 거야?"

맞은편엔 앉아 골치 아프다는 듯 이마를 쓸어내리는 사내.

세계 랭킹 1위에 빛나는 헌터, 프렉달이었다.

"내가 지금 어디에 있다가 온 줄 알아?!"

좀체 진정할 기색을 보이지 않는 그녀의 모습에 프렉달은 다리를 꼬고 팔짱을 꼈다.

그리고 그녀를 지긋이 응시했다.

"알지. 나의 오랜 친구 말론을 만나러 갔던 거 아니야? 그런데 왜 그렇게 화가 나 있을까?"

"잘못 짚었어. 난 화가 난 게 아니라 그냥 흥분한 거야."

"흥분? 말론이랑 얘기가 잘 안 됐나 보네? 그럼 네가 만나러 갔으니 지금쯤 이 세상 사람이 아니려나?"

모건은 이에 헛웃음을 흘렸다.

"지랄. 하마터면 내가……."

죽을 뻔했다.

하룻강아지인 줄 알았던 무적 공략대는 범이었다.

절대로 건드려서는 안 되는.

그런 오만 가지 감정을 목구멍 밖으로 쏟아 내려 했으나.

그녀는 끝내 뜻을 이루지 못했다.

우웅—

책상 위에 놓인 휴대 전화가 요란한 벨소리를 울린 까닭이
었고.

프렉달이 손짓을 하며 말을 끊은 탓이었다.

액정에 띄워진 이름을 보고 잠시 고개를 갸웃거리던 프렉
달은 이내 통화 버튼을 눌렀다.

"예, 프렉달입니다."

그리고 가만히 수화기 너머의 음성을 듣던 그가 미간에 깊
은 주름을 잡았고.

통화를 끊은 그는 자리를 박차고 일어났다.

"뉴욕에 측정 불가 등급의 게이트가 생성됐다는군."

"……!"

"협회장이 직접 전화를 준 거 보니 급하긴 한가 봐. 1팀, 2
팀 긴급 소집해."

전에 없이 활기찬 얼굴로 마스터실을 벗어나는 프렉달.

서류 지옥에서 벗어날 수 있다는 사실이 무척이나 기뻐 보
였다.

반면 그의 뒷모습을 바라보는 모건의 표정은 그와 대비되
었다.

무적 공략대와 관련된 내용을 다 꺼내지 못했기 때문.

만족스럽지 않다는 듯 인상을 찌푸리던 그녀가 이내 고개
를 가로저었다.

'……뭐 나중에 해도 상관없겠지.'

보고야 게이트를 클리어한 이후에 해도 늦지 않을 것이었다.

그렇게 생각하며 모건은 앞서 나간 프렉달의 뒤를 따라갔다.

찜찜한 기분을 애써 누른 채.

◇ ◆ ◇

재건을 비롯한 릴리스, 초롱이 그리고 공략대 일원들은 통로를 타고 마계에 들어섰다.

"와~ 신기하네."

"상상했던 거랑은 많이 다른데요?"

재건과 릴리스를 제외하고는 신기하다는 듯 두리번거리며 감탄을 토해 내고 있었다.

그도 그럴 게, 알려진 정보가 극히 드문 곳이 바로 이곳 마계.

빛이라고는 찾아볼 수 없고, 어둡고 칙칙한 공기에 스산한 기운이 내려앉아 있을 것만 같았건만.

그들의 눈앞에 펼쳐진 건 드넓은 땅에 쫙 깔려 있는 꽃들이었다.

물론, 푸른 하늘과 초원은 아니었다.

하늘은 핑크빛으로 물들어 있었고, 꽃이 자리한 곳도 황토색과 붉은색이 섞인 괴상한 색이었다.

그럼에도 예상했던 것과는 판이하게 다른 광경이었으니,

신기할 수밖에 없었다.

그렇게 구경하는 데 여념이 없는 이들과 달리, 메르세데스는 분주하게 움직이며 무언가를 하기에 여념이 없었다.

'이게 뭔 개고생이야.'

짜증이 나지만 그렇다고 안 할 수도 없는 노릇.

마수들은 물론이고 악마들은 특히나 냄새에 민감했다.

만일 이들의 냄새를 맡고 찾아오기라도 하는 날에는 사태가 걷잡을 수 없게 될 것은 불 보듯 뻔한 일이었으니.

그녀는 애써 마음을 다잡으며 특유의 인간 냄새 그리고 드래곤 냄새를 지우는 데 집중했다.

이윽고 작업을 완료한 메르세데스는 주위를 둘러보는 재건을 발견하고 말했다.

"여기는 몽마(夢魔)의 언덕이라 불리는 땅입니다. 이름 그대로 인간들의 꿈을 먹고 사는 서큐버스와 인큐버스들이 서식하는 곳입니다."

과거 재건은 이곳에 딱 한 번 온 적이 있었다.

그것도 잠시 스쳐 지나가는 과정이었기에 제대로 땅을 밟은 것은 이번이 처음이었다.

"몽마들은 얼마나 강하지?"

"실제 전투 능력은 3급 마수 정도에 불과합니다."

"음……."

재건은 옛 기억을 떠올렸다.

사람들이 몬스터의 등급을 측정해서 분류해 놓은 것과 같이 마계 또한 그들만의 기준으로 등급을 나눠 놓았다.

1급이 가장 높은 등급의 마수이고, 제일 약한 등급은 5급.

따지자면 5급 마수는 D급 몬스터이고 1급 마수는 S급 몬스터인 셈이었다.

즉, 몽마는 B급 몬스터 수준에 있다는 것이었다.

메르세데스는 설명을 덧붙였다.

"물론, 그건 평균적으로 봤을 때 그렇다는 겁니다. 마계는 강함이 곧 권력이 되는 곳으로 몽마들 또한 수련을 계속하기 때문에 같은 몽마라고 해도 강함의 정도에 차이가 날 수 있습니다."

"아, 그래? 그럼 2급 마수 정도 되는 몽마도 있다는 소린가?"

"예, 단편적으로 몽마들 사이에서 왕이라 불리는 '페리라차'는 악마성 8군단장과 대등한 힘을 보유하고 있습니다. 그 때문에 이렇게 일정 영토를 인정받은 겁니다."

"오."

이것은 재건으로서도 처음 아는 사실이었다.

고작해야 B급 몬스터에 불과한 몽마가 S급 보스 몬스터 혹은 그 이상의 힘을 발휘하는 악마와 대등한 수준이라니.

주어진 한계에 굴복하지 않고 성장해 그런 업적을 이뤄 냈다는 것에서 왠지 모를 동질감이 들었다.

그러던 그 순간.

먼 곳에서부터 빠른 속도로 포위해 들어오는 마기가 느껴졌다.

"몽마들이 오는 것 같군."

"아무래도 여긴 몽마들의 땅이니 제 영역을 침범한 것에 불쾌감을 느낄 겁니다. 하지만 걱정 안 하셔도 됩니다. 제가 정리하겠습니다."

"그래. 네가 알아서 타일러서 보내라고. 우리 목적지는 여기가 아니니까."

이윽고 공략대를 포위한 몽마들의 모습이 드러나고.

그중에서도 울긋불긋한 근육을 자랑하는 인큐버스(남성의 모습을 띤 몽마)가 창을 앞으로 내세우며 소리쳤다.

"이곳은 몽마들의 땅! 여기에 온 목적을 밝혀라!"

그러자 메르세데스가 앞으로 나섰다.

"그냥 지나가는 길이니 신경 쓰지 말거라."

"누가 여길 지나가도 된다고 했지?"

이에 메르세데스가 코웃음을 치고.

뿌드득

기괴한 소리와 함께 그녀의 머리에서 검붉은 뿔이 솟아났다.

여태까지와는 차원이 다른 타오르는 듯한 마기가 뿜어져 나오는 것도 동시였다.

"언제부터 몽마 놈들이 내 앞에서 그렇게 말이 많았지? 페리라차가 그렇게 시키던가?"

그와 동시에 몽마들이 무릎을 꿇었다.

고작 변방의 몽마에 불과한 그들이 메르세데스의 얼굴을 알아본 것은 아니었으나, 형용할 수 없이 거대한 마기와 두 뿔.

그리고 몽마의 왕을 함부로 부르는 것에 그녀가 군단장 중하나라는 것을 눈치로 알아챈 것이었다.

"모, 몰라봬서 죄송합니다."

그리고 그때.

붉은 땅에 그림자가 드리우고, 그곳에서 한 인영이 솟구쳐 올랐다.

얇은 뿔이 하나 자라나 있는 여인.

몽마의 왕인 서큐버스 '페리라차'였다.

그녀는 메르세데스를 향해 무릎을 꿇으며 말했다.

"고귀하신 존재 3군단장 메르세데스 님을 뵙습니다."

자신의 권역에서 느껴지는 거대한 마기를 따라 이동해 온 것이었다.

"페리라차, 오랜만이구나. 애들이 나도 못 알아보고 창을 들이밀더라? 교육 좀 제대로 시켜야겠는걸? 손님만 안 계셨으면……."

잠시 휴지를 두고 주위를 둘러본 메르세데스는 이내 페리라차에게 시선을 다시 고정하고 말을 이었다.

"몽마들 다 죽여 버렸을 거야. 물론, 너도 포함."

마기와 섞인 살기가 페리라차의 피부를 콕콕 찔러 대자 그녀가 몸을 부르르 떨었다.

'왜 이 미친년이 여기에 있는 거야……'

마계 내에서 메르세데스의 악명은 자자하다.

그냥 산책하는데, 돌아가는 게 거슬린다는 이유로 마을 하나를 초토화시킨 사례도 있었다.

그렇기에 몽마들을 다 죽여 버렸을 거라는 말이 단순히 협박성 발언으로 들리지 않았다.

그녀의 말대로 손님이 아니었다면 진짜 다 죽었을지도 모를 일이었다.

그때 재건이 앞으로 나섰다.

"그만하고 가자. 한시가 바쁘다."

이에 메르세데스가 황급히 고개를 조아렸다.

"예! 바로 저희 성으로 모시겠습니다."

"아니, 너희 성이나 구경하자고 온 건 아니고. 여기서 가장 가까운 성이 어디지?"

"서, 성은 왜 찾으시는지……."

일개 몽마들을 건드는 것과 성을 건드는 것은 차원이 다른 이야기였다.

성에는 따지자면 메르세데스와 동등한 직급에 있는 군단장들이 상주하고 있고, 그들이라면 메르세데스가 지운 냄새를 알아볼 수 있을 테니까.

인간만 해도 마계에 발을 들였다는 사실이 알려지면 난리가 날 텐데, 드래곤이 왔다는 것을 알게 된다면?

마계에 지각 변동이 일어날 게 분명했다.

게다가 이곳에서 가장 가까운 성이라면 1군단성.

마왕의 오른팔인 1군단장은 마왕의 아들이 계속해서 뻘짓을 하고 강해지지 않는다면 차기 마왕이 될 인사였다.

다른 곳은 몰라도 그곳은 메르세데스로서도 어떻게 해 볼 도리가 없다는 뜻이었다.

이어진 재건의 말은 그런 그녀의 심정에 기름을 부었다.

"약탈할 게 좀 있어서."

"씨팔!"

"뭐?"

저도 모르게 속마음이 밖으로 나와 버린 메르세데스는 화들짝 놀라며 입을 막는 시늉을 보였다.

"여, 여기서 가장 가까운 건 씨…… 씨 구역에 있는 8군단성이라고 말씀드린 겁니다!"

"아, 그래? 어떻게 딱 맞네. 그럼 거기로 가자."

메르세데스는 다른 말이 나올세라 황급히 공간을 열어젖혔다.

원래 마계에서 성의 근처로 공간 이동을 하는 건 금기시되어 있다.

그 이유인즉, 마계는 힘이 곧 권위가 되는 곳이기 때문에 언제 일어날지 모르는 쿠데타를 미연에 방지하기 위해 마왕이 세운 법도 중 하나였다.

하지만 이대로 1군단성에 가게 내버려 둘 수는 없는 노릇.

차라리 공간 이동을 해서라도 8군단성으로 가는 차악을 택한 것이었다.

그렇게 공간을 타고 도착한 8군단성.

이내 20m는 족히 되어 보이는 성문과 그에 걸맞게 거대한 성이 눈앞에 모습을 드러냈고.

창을 든 문지기 하급 악마들이 그들을 발견하고, 곧장 경계 태세를 취했다.

"웬 놈들이냐!"

"마계의 법도를 무시하고 공간 이동을 하다니 그러고도 무사할 것 같으냐!"

재건은 순간 이동이라도 한 듯 순식간에 두 녀석의 머리를 잡고 성문에 찍어 버렸다.

콰아아앙-!

두툼한 성문에 두 악마의 두개골이 박살 나고 힘에 못 이긴 성문이 굉음과 함께 부서져 나갔다.

재건은 손을 털어 내고, 뒷짐을 지며 소리쳤다.

"이리 오너라!!"

성 전체를 쩌렁쩌렁하게 울리는 외침.

한데 결과는 단순히 울리는 것에 그치지 않았다.

지근거리에 있던 건물들은 와르르 무너지고, 중심부에 위치한 내성이 거칠게 흔들리며 돌가루를 흩뿌렸던 것.

재건의 목소리에 어마어마한 마나가 실려 있었기 때문이다.

무너져 내린 것은 건물뿐만이 아니었다.

고막이 터진 것인지 근방에 있던 하급 마족들 또한 대거 귀에서 피를 흘리며 쓰러져 있었다.

단 한 번의 외침만으로 이뤄 낸 쾌거.

그러나 정작 재건은 전혀 만족스러운 표정이 아니었다.

"처리국장님처럼은 안 되네."

일전 처리국장과 처음으로 대면했을 때.

그는 단순한 외침만으로도 사람을 끌어당기는 힘을 선보였었다.

그때의 경험을 되살려 따라 해 본 것이었는데, 예상과 다른 결과를 마주한 탓에 실망스러웠던 것이다.

강한 인력을 품었던 것과는 달리, 자신의 외침은 사자후(獅子吼)에 가까웠던 것이었다.

"쉽지는 않네."

아쉬움 가득한 한숨을 토해 내는 재건이었으나, 실상은 이마저도 기함할 일이었다.

아무런 스킬도 없이 소리에 마나를 담은 것만으로도 만들어 낸 결과였으니까.

애초에 처리국장의 특성 스킬을 마나만으로 만들어 내겠다는 생각 자체가 아이러니였다.

평소 놀라운 일을 연달아 경험한 덕분에 별다른 반응을 내보이지 않을 뿐이지.

만약 공략대 중 누군가가 이 사실을 눈치챘다면, 정신을 놓았거나 혹은 역시 비범인의 생각은 범인과 다르다며 혀를 내둘렀을 터였다.

그 가운데 유일하게 경악을 여실히 드러내고 있는 존재가 있었으니.

당연하게도 메르세데스였다.

'미친……!'

그녀가 당혹감, 어이없음, 분노 등 각종 감정을 띠며 어금니를 까득 악물었다.

굳이 성을 거론한 시점부터 군단장에게서 뭔가를 얻어 낼 심산이란 것은 충분히 예상 가능한 바였다.

그것이 무엇인지는 자세히 알 수 없었지만, 얻어 내는 과정에서 어느 정도 충돌이 벌어지리라는 것은 크게 고민할 필요도 없었다.

평소 재건의 성정과 상황을 고려하면, 조용히 넘어갈 리는 없을 테니까 말이다.

하지만 이건 정도를 벗어난 일이었다.

'하아…… 어쩌자고 이런 짓을.'

그녀의 원망 가득한 시선이 성문을 때려 부수고 그곳의 주인 행세를 하는 이에게로 향했다.

원하는 게 있다면 조용히 침투해서 8군단장과 직접 대면해도 됐을 일인 것을.

대놓고 정체를 드러내며 판을 키워 버린 탓에 이젠 그마저도 불가능했다.

8군단 휘하의 마족들이 그를 목도했으니까.

성의 주인이자 이들을 통솔하는 위치에 있는 8군단장으로서도 이젠 어쩔 수 없는 일이 되어 버렸다.

'여기서 군단장의 위용을 보여 주지 못하면 휘하 병력들에게 개무시당할 테지.'

아수라(阿修羅)만큼은 아니어도 악마들은 전부 상당히 호전적인 성향을 가지고 있으니까.

만일 자신이 저곳에 있었더라도 성문을 박차고 들어온 녀석들을 용서하지 않았을 터였다.

결국 남은 것은 전면전뿐.

곧 피가 낭자한 전투가 펼쳐질 것이었다.

당연히, 결과는 8군단의 전멸일 테고.

'다 죽이겠다는 거야 뭐…….'

순간 불길한 생각이 뇌리를 스치고 지나갔다.

가장 가까운 성이 어디냐는 물음.

그리고 힘겹게 인간과 드래곤의 냄새를 지워 놓았더니 대놓고 정체를 드러내며 시비를 건 이유.

동떨어져 보이던 것들이 연결되며 하나의 결론으로 귀결

되었다.

'처음부터 다른 게 목적이었던 거야!'

약탈할 게 있다던 건 부가적인 목표에 지나지 않았다.

그 이면에 숨겨진 계획은 바로…….

'마족의 말살!'

순간 찾아온 충격에 메르세데스는 떨리는 몸을 주체할 수 없었고.

휘둥그레 뜬 두 눈으로 정면을 응시했다.

때마침 성의 중심부에서 곧 핏물로 사라져 갈 존재들이 걸어 나왔고 있었던 것.

수백의 마족들은 날개를 펼치고 날아올랐다.

퍼버버벙-!

일제히 펄럭이는 날개 소리는 벽력과 같았다.

그리고 그 중앙에는 새까만 피부에 칠흑같이 검은 눈동자를 자랑하는 8군단장 '그리말도'가 자리하고 있었다.

"웬 놈들인지는 모르겠으나 나의 성을 흔들었다면 그에 대한 죗값을 치를 준비는 됐겠지."

그 모습에 재건의 대용품(?)으로 릴리스의 손을 잡고 있던 초롱이가 한 손으로 코를 부여잡았다.

"엄마, 쟤네한테 더러운 냄새나…… 우웩."

장난이 아니라 진심으로 헛구역질을 하는 모습.

오랜 시간 하계(下界)의 악취를 맡아 온 릴리스조차 전혀 익숙해지지 않는 그 고약함에 냄새를 차단하고 있었는데, 태어난 지 얼마 되지도 않은 초롱이로서는 당연한 반응이었다.

릴리스는 서둘러 초롱이의 주변에 차단 결계를 씌웠다.

"아이고. 아가, 이제 괜찮니?"

몇 번 코를 킁킁거린 녀석은 이내 환하게 웃으며 대답했다.

"응!"

"우리 초롱이 잠깐만 뒤에 인간들이랑 있어. 알았지?"

"왜? 엄마가 저 더러운 것들 혼내 주게?"

"그럼~ 초롱이 괴롭게 하는 애들 엄마가 혼내 줘야지."

"아라써! 빨리 갔다 와!"

그 둘의 대화는 가만히 옆에 있던 메르세데스의 귀에 콕콕 박혔고.

그녀는 기겁하며 릴리스의 앞을 가로막았다.

릴리스는 하계의 잡것이 자신의 앞을 막아섰다는 사실에 불쾌감을 여실히 드러냈다.

"지워지고 싶나?"

단지 마주한 것만으로도 사지가 굳게 만드는 목소리.

그러나 이대로 좌시할 수 없었던 메르세데스는 덜덜 떨리는 목소리로 힘겹게 대답했다.

"제, 제가 정리하겠습니다! 부디 기회를……."

공손히 머리를 조아리며 허락을 구했다.

그녀가 나서는 순간, 멸족은 돌이킬 수 없었으니까.

그런 메르세데스의 노력이 통한 것일까?

"그래?"

온몸을 옥죄던 중압감이 사라지고, 나긋한 음성이 뒤이어졌다.

"하긴 예부터 하계 놈들은 천박하게 동족끼리 죽고 죽이는 싸움을 벌여 왔지. 하계 놈들에게 내 마력이 닿는 것도 더러우니 너에게 기회를 주는 것도 나쁘지 않겠군."

"예, 예! 기회를 주셔서 감사합니다. 그 기대에 실망시켜 드리지 않겠습니다!"

혹시나 마음이 변할까, 메르세데스는 다시 한 번 고개를 숙여 보이고는 황급히 뒤로 돌았다.

그리고 슬그머니 검을 꺼내고 있는 재건을 지나쳐 등 뒤를 찢고 나오는 날개를 펼쳤다.

파앙~!

거센 바람을 일으키며 쏜살같이 공중으로 날아오른 메르세데스의 손에는 어느새 핏빛으로 물든 기다란 검이 들려 있었다.

이를 바라보는 8군단장 그리말도의 두 눈이 잘게 떨렸다.

성문을 부수고 쳐들어온 이들이 있다는 소식을 들었을 땐 어이가 없었다.

감히 겁도 없이 8군단에 시비를 거는 존재라니.

하여 시건방진 놈의 목을 자라 부서진 성문에 전시하겠다

장담했다.

그것으로 깎여진 군단장으로서의 위엄을 되세울 수 있다 생각했다.

혹여 상대가 군단장이라면?

그렇다 해도 크게 개의치 않았다.

8개의 군단 중 완전히 별개의 존재라 해도 되는 1~3군단이 이곳에 올 리는 없었으니까.

나머지 4~8군단이라면, 이참에 위계를 재정립하는 기회로 삼을 수 있었다.

그래서 기세등등하게 자리를 박차고 나왔는데.

눈앞에 보이는 건 검붉은 뿔, 쭉 뻗어 올라 갈퀴가 달려 있는 검붉은 날개 그리고 핏빛 검.

저것들이 의미하는 바는 하나였다.

'메르세데스가 어찌 여기에⋯⋯.'

애초 고려하지도 않았던 존재가 눈앞에 버젓이 모습을 드러냈다.

그것도 마계에서 악명이 자자한 3군단장 메르세데스가.

그 탓에 쉬이 입이 떨어지지 않았다.

차라리 2군단장이라면 연유라도 묻겠건만.

메르세데스는 '그냥 내 앞을 막아서'라는 무식한 답을 내놓을 것 같아 두려웠다.

이러지도 저러지도 못하는 상황에 그리말도가 어물쩍거리

는 사이.

메르세데스가 먼저 입을 열었다.

"그리말도. 병력을 물려라."

그러나 그리말도는 여전히 묵묵부답으로 일관했고.

메르세데스의 검이 움직였다.

허공에 수놓아지는 수십의 핏빛 섬광.

그것은 순식간에 주위에 있던 중급 악마 이십을 도륙했다.

단말마의 비명도 내뱉지 못할 정도로 산산조각 나서 땅으로 뿌려지는 모습을 마주하고서야 그리말도가 흥분 섞인 일갈을 내뱉었다.

아무리 메르세데스라지만 그것마저 참을 수 없었던 것이었다.

"이게 무슨 짓이냐!"

"그러니까 내가 병력 물리라고 했을 텐데?"

"아무리 너라도 이건 선을 넘었다. 이곳은 나의 성. 성문을 부수는 것도 모자라 나의 군사들까지 죽인 너를 곱게 돌려보낼 수는 없게 되어 버렸다."

메르세데스는 깊은 인상을 쓰며 말했다.

"미련한 짓은 하지 않는 게 좋을 거다. 가만히 병력을 물리는 게 네가 사는 길이고 군사들이 사는 길이다."

"그럴지도 모르지. 하지만 이대로 물러나면 나의 권위가 무너진다."

그리말도가 흑빛 마기를 피워 올리며 전의를 불태웠다.

뒤이어 메르세데스와는 또 다른 형태의 뿔이 자라나고, 그 것으로부터 솟구쳐 오르는 힘은 메르세데스라는 존재로부터 오는 압박을 벗어나게 해 주었다.

"메르세데스. 아무리 너라도 나를 비롯해 8군단 병력을 전부 상대하는 것은 힘들 것이다."

"하아…… 진짜 죽고 싶어? 그리고 네 군사들도 과연 그렇게 생각할까?"

"자긍심이 있는 악마라면 무릇 그럴 터. 싸우다가 죽는 것은 영광스러운 일이다."

"군단장이라는 놈이 부하들 생각을 이리도 못 읽어서야. 네 뒤에 있는 것들 표정을 봐라."

메르세데스의 말에 그리말도의 시선이 돌아갔다.

다급하게 표정을 고쳐 보지만, 억지로 바꾼 티가 여실히 드러나는 얼굴들.

"이것들이……!"

그리말도가 이를 갈며 마기를 넘실거리자 악마들이 움찔거렸다.

그럼에도 나설 기미를 보이지도 못하는 이들.

아무리 전투를 좋아하는 악마라도 아는 것이다.

메르세데스와 맞붙는다는 건 아무것도 해 보지 못하고 영면을 맞는다는 것과 같은 일이라는 것을.

그만큼 그녀의 악명은 악마들조차 주눅 들게 만들기에 충분했다.

그 모습을 바라보던 메르세데스가 다시금 한마디를 던졌다.

"지금이라도 병력을 물려라. 너와 이야기를 하고 싶어 하는 손님께서 와 계시다."

너무도 여유롭고 여전히 고고한 자태를 뽐내는 메르세데스.

그러나 그 속내는 까맣게 타들어 가고 있었다.

'좀 알아들으라고!'

메르세데스가 이렇게 그리말도를 막으려는 데에는 이유가 있었다.

인간계에서는 몇 번을 죽는다고 해도 크게 상관할 게 없었다.

어차피 진짜 육신은 마계에 있었으니까.

하지만 지금 자리한 곳은 인간계가 아닌 마계.

즉, 이곳에서 죽는다면 말 그대로 진짜 죽는 것이었다.

그렇기에 마계에 온 메르세데스는 어떻게든 고룡들의 심기를 거스르지 않으려 노력하고 있었다.

까딱 잘못하다간 다시는 눈을 뜨지 못하게 될 테니까.

하여 누차 병력을 물리라고 강조하고 있지만, 그리말도는 정작 다른 곳에 신경을 곤두세웠다.

"손님?"

손님이라는 말에 그리말도의 시선이 성문 쪽을 향했다.

메르세데스가 존대어를 사용한다는 건 무릇 그에 합당한

존재라 뜻.

한데 대상을 확인한 그리말도가 미간을 찌푸렸다.

괴상한 옷과 처음 보는 외모.

일견하기에도 하급 축에도 못 끼는 허접한 악마들의 모습과 다를 바 없었다.

"저들이 누구길래 이런 일을 벌이는 것이냐?"

"그것은……."

메르세데스가 뭐라 설명을 덧붙이려는 찰나.

"뭔 말을 이렇게 오래 하고 있어?"

익숙한 음성이 귓가에 꽂혔다.

"……!"

인지하지도 못할 정도의 속도로 눈앞에 나타난 사내.

그리말도가 당황해하는 사이, 그에 못지않게 얼어붙은 메르세데스가 당혹 어린 음성을 내뱉었다.

"그, 그게……."

"아, 됐어. 얘가 여기 대빵이지?"

"예, 그렇습니다."

말이 끝나기 무섭게 재건은 그리말도의 목을 움켜쥐고는 지면을 향해 수직 낙하했다.

콰아아앙~!

그 힘에 지면이 움푹 파이고, 파장에 성이 곧 무너질 것처럼 흔들거렸다.

인간계와 다르게 마계의 대기는 흙먼지조차 일어나지 않
았고.

순식간에 벌어진 일에 대한 결과는 가려진 것 하나 없이
그대로 드러났다.

"커허억."

검은 피부가 창백해져 있고, 검은 피를 한 움큼 토한 그리
말도가 믿을 수 없다는 표정으로 재건을 쳐다봤다.

"크윽. 넌…… 누구냐."

"네가 알아서 뭐 하게. 어차피 곧 죽을 놈이."

기억에 따르면, 과거 제니스 길드는 마계의 세 성을 휩쓸
었다.

그 대상은 5, 7, 8군단.

즉, 자신이 죽이든 죽이지 않든 8군단성은 제니스에 의해
함락당하고 이곳에 있는 악마들은 전부 죽는다는 뜻이었다.

그저 먼저 죽느냐 나중에 죽느냐의 차이일 뿐.

하나 그 사실을 알지 못하는 그리말도는 그 말이 자신을
죽이겠다는 소리로밖에 들리지 않았다.

"내가 이렇게 쉽게 죽을……."

고통을 이겨 내며 힘을 쥐어짜 내는 그.

하나 코끝을 찌르는 냄새 탓에 말끝을 흐릴 수밖에 없었다.

마족의 것이 아닌 다른 존재의 냄새.

흐릿하지만 그것은 인간의 것.

그리고 뒤이어 느껴지는 냄새는 분명…….

"도, 도마뱀?!"

정체를 입 밖으로 내뱉고 나서야 깨달을 수 있었다.

인간의 외형을 띠고 있으나 일격에 자신을 만신창이로 만드는 힘.

그리고 뚜렷하게 느껴지는 드래곤 특유의 냄새.

"폴리모프……."

눈앞의 존재는 필시 폴리모프한 드래곤이었다.

그것도 상당히 높은 위치에 있는.

그렇다면 자신의 죽음을 저리도 쉽게 거론하는 것도 이상한 일은 아니었다.

그러나 아무리 생각해 봐도 해결되지 않는 의문이 남아 있었다.

"상계(上界)의 드높은 존재가 하계(下界)에 온 것입니까? 다시 전쟁이라도 벌이자는 겁니까?"

"뭐라는 거야?"

갑자기 튀어나온 영문 모를 소리에 재건이 인상을 썼다.

"쓸데없는 소리 말고, 묻는 말에나 답해. 어디 있어?"

"무엇을 말씀하시는 건지……."

"뭐긴 뭐야. 악기지."

재건이 마계에 들어선 이유.

일전 제니스가 성을 쓸어버리며 얻게 된 것이자, 마왕이 각 군단장에게 하사했다는 악기(惡器)를 취하기 위함이었다.

여기에 무엇이 있을지는 알 수 없지만, 당시 얻어 왔던 셋 중 하나가 있다는 건 분명한 사실.

하여 이왕 군단장을 만난 김에 가져갈 생각이었다.

"당신 같은 존재들이 그것을 가져다 뭐 하려고 그러시는 겁니까?"

"그런 것까지 알 필요는 없고."

그러자 그리말도는 체념한 듯 힘을 풀며 말했다.

"그냥 죽이고 가져가십시오. 제 목숨이 이렇게 버젓이 붙어 있는데 그냥 드리지는 못할 것 같습니다."

"아, 일 복잡하게 만드네. 메르세데스!"

그의 부름에 안절부절못하고 있던 메르세데스가 황급히 옆으로 날아왔다.

"부르셨습니까."

"너, 얘가 가지고 있는 악기(惡器) 어디 있는 줄 알아?"

"……그건 각 군단장의 관리하에 있기 때문에 저도 정확히 알 수 없습니다. 죄송합니다."

메르세데스조차 어렵다 말에 낭패감이 밀려왔다.

고문을 해서 알아내야 하나 고민하던 그때.

성에서 조금 떨어진 곳에서 급속도로 팽창하는 기운이 느껴졌다.

'마나?'

마계에서 마기가 아닌 마나가 느껴진다?

그것이 의미하는 바는 단 하나였다.

제니스가 도착한 것이었다.

"염병. 빨리도 왔네."

그들보다 한발 앞서 악기(惡器)를 다 회수하려 했건만, 아직 하나도 얻지 못한 상황.

어떻게 할까 싶어 머리를 굴리던 재건의 뇌리에 문득 한 가지 생각이 스쳤다.

그리고는 그리말도와 메르세데스를 번갈아 보며 씨익 입꼬리를 올렸다.

"쟤네는 누가 여기 군단장인지 모르잖아? 메르세데스. 너도 군단장이랬지? 네 병력 좀 여기로 다 데리고 와라."

악마성 3군단의 병력 전원을 이곳으로 데려와라.

재건의 입에서 그 말이 흘러나오는 순간.

메르세데스의 두뇌가 빠른 속도로 회전했다.

풍부한 상상력은 불안감의 증폭 속도를 증가시키는 매개체다.

흔히 악마가 인간을 꾀어낼 때, 상상력이 풍부하거나 생각이 많은 인간을 노리는 것도 이런 이유 때문이었다.

평생토록 그런 삶을 영위해 왔으며, 마계에서도 정점에 다다른 메르세데스였기에 그 간단한 이치를 모를 리 없었다.

하지만 수면 위로 떠오르는 한 가지 생각은 다른 잡념이 자리 잡지 못하게 방해하며 그녀의 머릿속을 장악해 갔고.

메르세데스는 스스로를 불안의 구덩이로 밀어 넣고 있었다.

마족의 말살을 염두에 두고 있는 듯한 고룡(古龍)이 악기(惡器)를 찾고 있다.

반면 한 악기의 주인인 8군단장 그리말도는 자신이 죽기 전에는 내놓지 않겠다며 거절 의사를 밝혔다.

이런 상황에서 3군단 병력을 집결시켜라?

그렇다면 목적은 단 하나였다.

'악마로 악마를 죽이겠다…… 뭐 이런 거야?'

일석다조의 효과를 거머쥐겠다는 속셈처럼 보였다.

자신과 3군단 전원이 움직이는 순간 8군단의 전멸은 기정사실화된다.

물론 악에 받쳐 달려들 것이 분명하니 어느 정도 피해를 감수하게 되겠지만.

8군단이 전멸한다는 사실에 변함은 없다.

그렇게 되면 재건은 누구에게도 구애받지 않고 숨겨 둔 악기를 찾아낼 것이고.

여기서 한 가지 이점이 더 발생한다.

'자기는 그 누구의 목숨에도 관여하지 않은 무결한 존재가 된다는 거지.'

즉, 손 안 대고 코 푼 격이 되는 것이었다.

'어차피 검 한 번 휘두르면 갈가리 찢겨 나가는 마당에 그

게 무슨 소용이겠느냐마는.'

바르르-

일전의 끔찍한 경험을 다시금 떠올리자 제 의지와 상관없이 떨리는 몸.

이내 진정시킨 메르세데스는 어떡해서든 그것만큼은 막아야 한다고 생각했다.

재건의 힘이 두렵기는 하나 마족의 운명이 걸린 상황에서 뜻대로 놀아날 수는 없는 노릇이었다.

호흡을 가다듬은 그녀는 어느 때보다 침착하게 대답했다.

"그건 무리입니다."

"왜? 공간만 열면 되는 거 아닌가?"

의뭉스러운 표정으로 바라보는 재건의 눈길을 마주 보며, 메르세데스는 차분히 설명을 덧붙였다.

"이론상으로는 그렇습니다만, 그렇게 간단한 문제가 아닙니다. 마왕이 세운 마계의 법도 중에는 절대 어기지 말아야 할 게 있는데, 그중에 하나가 공간 이동의 금지입니다."

동시에 재건이 미간을 구겼다.

"여기 올 때는 공간 이동으로 왔잖아?"

"그건 고룡님의 명이기도 하고 소수의 인원이 이동하는 것이었기에 위험을 무릅쓰고 강행한 것입니다. 하지만 3군단 병력이 전체 이동하는 건 전혀 다른 문제입니다."

애써 흥분을 가라앉히고 침착하게 말하고 있지만, 정작 메르세데스의 심장은 대지진이라도 난 것처럼 격렬하게 요동치고 있었다.

그 소리가 자신의 귀에도 들릴진대, 고룡의 귀에 들리지 않을 리 만무했다.

하여 메르세데스는 조금 목소리를 높여 설명을 계속 이었다.

"제 성이 텅 비어 버리는 순간, 필시 마왕의 귀에 들어가게 될 것입니다. 그러면 저를 반역자로 간주한 마왕이 본성의 병력을 이끌고 찾아오는 것은 시간문제입니다."

속사포로 쏘아 내는 메르세데스의 언변.

그녀는 토씨 하나 틀리지 않고, 발음 하나 흘리지 않은 자신을 칭찬해 주고 싶었다.

그러나 아직 마지막 한마디가 남은 상황.

칭찬은 그 이후에 해도 늦지 않았다.

"또다시 전쟁을 일으킬 심산이 아니시라면, 이는 불가능합니다."

그것을 끝으로 메르세데스는 할 말을 마쳤다는 듯 고개를 숙였다.

이제 남은 것은 재건이 결정할 사항.

'이 정도면 알아들었겠지.'

그렇게 생각했다.

아무리 고룡이라도 전쟁의 발발이 목표가 아닌 이상에야, 마왕과의 마찰은 피할 테니까.

"음……."

메스세데스의 염원대로 재건이 긴 침음을 흘리며 장고에
들어갔다.

'재미있는 생각이 들어 한번 시도해 보려 했던 일인데 스케
일이 너무 커지네.'

그것이 상계와 하계 간의 전쟁까지 고려해야 될 일일 줄은
상상도 못 했다.

물론 바라보는 것처럼 자신은 고룡이 아니기에 상관없을
지도 몰랐다.

다만, 그렇다고 가벼이 여길 수도 없는 이유는 그 여파가
인간계까지 미칠 수도 있었다.

나름 마계에서 한가락 하는 메르세데스조차 두려워한다는
것에서 전쟁이 그리 가볍지 않은 일임을 충분히 알 수 있었다.

그리고 심히 거슬리는 한 가지.

'괜히 마왕을 끌어들여서 제니스 소속 헌터들을 다 죽일 필
요는 없지.'

메르세데스의 병력을 이곳으로 부르는 이유는 제니스의
진격을 막아 내기 위함.

그들을 죽이는 것은 애초에 상정조차 하지 않은 일이었다.

'어떻게 하는 게 최선일까.'

팔짱을 낀 채 고민을 거듭하는 재건.

이리저리 굴리던 눈동자가 한 대상을 발견하곤 움직임을

115

멈췄다.

핏빛으로 물든 메르세데스의 장검.

검신을 따라 올라간 그의 시선은 이내 날개를 지나 검붉은 뿔까지 향했다.

별개의 존재라 해도 과언이 아닐 정도로 지금까지 봐 왔던 것과는 판이하게 다른 모습.

느껴지는 기운 또한 이전과는 비교도 할 수 없을 정도로 거대했다.

"똥개도 제집에서는 반은 먹고 들어간다더니. 그래도 여기가 마계라 이건가?"

긴장을 머리끝까지 유지한 채 재건에게 온 신경을 쏟고 있던 메르세데스.

그녀의 머리는 그에 알맞은 대답을 내놓기 위해 광속으로 회전했고.

딱 맞는 대답을 결정하는 데까지 불과 1초도 걸리지 않았다.

"감히 고룡님의 앞에서 힘을 자랑하기 위해 우쭐대는 것은 아니나, 마계에서는 마왕을 제외하고 그 누구에게도 패배하지 않을 자신이 있습니다."

얼핏 마왕 다음으로 강하다는 말로도 들리지만, 이것은 일종의 말장난이었다.

패배하지 않을 자신이라는 건 객관적인 시선에서 봤을 때가 아닌 순전히 그녀의 주관적 의견이었으니까.

물론 또라이 기질로만 따진다면 당연 메르세데스가 1위를 독차지할 수는 있으나, 마계에서 힘의 서열을 따진다면 그녀는 1, 2군단장보다 아래로 취급됐다.

재건 또한 그녀의 직위가 3군단장이라는 것에 대강 그럴 거라 예상하고 있었다.

그러나 지금은 그것이 중요한 게 아니었다.

그녀의 서열이 몇 위에 위치해 있건 간에, 제니스를 막을 수 있느냐 없느냐가 요지였고.

재건이 생각하기에 현재 그녀의 힘이라면 시간을 벌기에는 충분하다는 생각이 들었다.

"그럼 네가 나서는 건 어때? 죽이지는 말고, 그냥 시간만 벌면 돼. 한 30분쯤? 그리고 다시 돌아와."

조금 전 희미하지만 급속도로 팽창하는 기운을 느꼈던 건 메르세데스 또한 마찬가지였다.

단 하나 마기만 존재해야 하는 마계에서 느껴지는 이질적인 힘.

필시 그것은 인간의 힘이었고, 재건이 말하는 것 또한 그 힘과 관련된 것이리라 생각했다.

메르세데스는 날개를 접고 무릎을 꿇으며 대답했다.

"분부하신 대로 거행하겠습니다!"

◇ ◆ ◇

　같은 시각, 악마성 본성.

　거대한 왕좌에 앉아 있는 것은 마왕이라는 이름에 걸맞지 않게 호리호리한 체격의 소유자였다.

　다만 회색 피부에 얼굴 반쪽이 가려진 가면, 그 사이로 드러난 특유의 금빛 눈동자는 보는 이로 하여금 소름이 돋게 만들었다.

　그 눈동자가 향하는 곳은 자신의 앞에 털썩 앉아 땅에 무언가를 그리고 있는 회색 피부의 악마였다.

　"들리는 소문에 의하면 네 성에서 훈련을 하는 모습을 전혀 볼 수 없다고 하더구나. 어떻게 된 건지 설명해 보거라."

　그에 회색 악마가 고개를 들며 대답했다.

　"저는 강해지는 데에는 관심이 없다니까요?"

　"……지금 뭐라고 했느냐?"

　"이 정도만 강해도 어디 가서 맞고 다니지는 않아요. 저는 평생 인간들이나 꾀어내면서 살 겁니다."

　빠가각-

　저도 모르게 들어간 손아귀 힘에 마석으로 만든 왕좌가 우그러졌다.

　마왕의 이마에 울긋불긋한 핏줄이 솟아오른 것은 덤이었다.

　악마는 무릇 강함을 추구하는 존재.

하급 악마들조차 매일같이 강해지기 위해 낮밤 구분 없이 수련에 매진하는데, 하물며 군단장의 위치에 있는 이가 강해질 생각이 없다니.

얼토당토않은 소리를 지껄이는 모습이 마음에 들 수 없었다.

"엇나가지 말고 좋은 말로 할 때 훈련에 매진하거라. 넌 타고난 힘이 있어서 훈련만 하면 얼마든지 강해질 수⋯⋯."

아무리 눈치가 없는 사람도 상대가 이를 꽉 깨물고 말하면 화를 삼키고 있다는 것쯤은 금세 눈치챌 수 있는 대목이었다.

하지만 회색 악마는 그런 마왕의 앞에서도 전혀 괘념치 않는다는 듯했고.

오히려 그의 말을 끊으며 신경질적으로 대답했다.

"아, 진짜 저한테 왜 그러시는데요! 다른 군단장들도 많은데, 왜 저만 갖고 그러시냐고요! 왜 이렇게 존중이 없으세요?!"

그때 회색 악마의 얼굴 옆으로 주먹만 한 돌이 스쳐 지나갔다.

화를 참지 못한 마왕이 팔걸이를 한 움큼 뜯어내 던진 것이었다.

"지금 내게 존중을 요한 것이냐?"

"예! 저도 엄연한 악마로서 악격체가 있습니다! 하고 싶은 대로 하면서 살게 놔두시라고요!"

그에 마왕이 자리에서 일어났다.

그리고 순식간에 이동해 머리에 난 두 뿔을 양손으로 움켜쥐고 회색 악마를 들어 올렸다.

족히 2m가 넘는 장신임에도 가뿐히 들어 올려지는 그.

워낙 거대한 왕좌에 앉아 있었기에 조금 작아 보였을 뿐.

마왕은 상당한 거구였던 것이었다.

당장이라도 뿔이 떨어질 것 같은 고통에 회색 악마가 팔을 휘저으며 소리쳤다.

"으아아아!! 이거 놓으세요! 이러다 제 뿔 떨어집니다!"

"인간이나 꾀어내면서 살고 싶다는 네 의사를 존중하기로 했다. 당장 네 뿔을 뜯어서 몽마의 언덕에 던져 주마. 평생 몽마들과 허접한 꿈이나 뜯어먹으면서 살거라."

"······!"

진정한 악마의 근간은 뿔에 있다.

고로 이것이 뜯겨 나간다는 건 힘의 대부분을 잃는다는 뜻 이었고.

그때는 군단장급이 아닌 끽해야 중급 악마에 속하는 존재 가 되어 버리는 것이었다.

'그건 안 돼! 내가 인간계에 공들여 놓은 게 얼만데!'

위기감을 느낀 회색 악마의 눈동자가 빛났고.

마기가 넘실거리는 손이 마왕의 팔뚝을 향해 쇄도했다.

그 양으로만 따진다면 왕웨이가 균열에서 나왔던 몬스터 들을 일격에 날려 버렸을 때의 두 배는 될 법한 양.

그럼에도 불구하고 그것은 마왕의 털끝조차 건드리지 못

했다.

구구궁-

마왕의 주변을 맴도는 세 개의 구슬.

그것이 방벽을 이루며 회색 악마의 공격을 막아 낸 것이었다.

말대꾸를 하는 것도 모자라 감히 마왕의 권위에 도전하다니.

회색 악마는 당장에 목을 뽑아 죽여도 시원찮을 대역죄인이었다.

하지만 마왕은 오히려 잡고 있는 뿔을 놓아주었고.

"크하하하하!!!"

회색 악마를 보며 너털웃음을 쳤다.

착지한 뒤에도 경계를 늦추지 않고 뒤로 물러나는 스피드.

악마성 군단의 정예라는 상급 악마들조차 10cm 남짓한 것에 반해 족히 30cm는 되는 뿔.

그리고 조금 전 일격은 상급 악마는 물론, 몽마들의 왕이라는 '페리라차'도 날려 버릴 수 있을 법한 힘이었다.

누가 뭐라 해도 그는 마왕의 자질을 타고난 악마였다.

마왕은 적개심으로 가득 물들어 더욱 찬란하게 빛나는 금안(金眼)을 바라보며 흡족한 미소를 머금었다..

"아들아, 아무래도 너는 내 밑에서 훈련을 해야 할 것 같구나. 6군단장 직은 다른 악마를 앉힐 테니, 본성으로 들어오너라."

회색 악마가 마왕에게 까불 수 있었던 이유.

그가 바로 마왕의 철부지 아들이었기 때문이었다.

제대로 된 훈련 과정을 거치며 그 안에 잠재되어 있는 마기를 꺼내기만 해도 1군단장 정도는 쉽게 이길 수 있을 잠재력을 타고난 혈통.

하지만 여태 해 온 훈련이라고는 태권도로 따지면 흰 띠 다음인 노란 띠도 제대로 따지 못한 수준에 불과한 그.

왕웨이의 계약자인 아우그라였다.

아우그라는 금안을 빛내며 으르렁거렸다.

"싫습니다! 저는 평생 6군단장으로 살겠습니다!"

"그건 네가 결정하는 게 아니다. 내가 결정하는 것이지."

"그런 게 어딨습니까!"

마왕은 자신을 가리키며 대답했다.

"마계의 모든 법도는 나에게서 나온다. 억울하면 강해져서 마왕이 되거라."

그러자 아우그라가 정말 억울한 듯한 목소리로 소리쳤다.

"마계에서는 마왕이라는 아버지가 이래라 저래라 하고! 인간계에서는 메르세데스 그년이 이래라 저래라 하고! 염병할 세상!"

그는 곧 닥쳐올 암울한 미래도 모른 채 속에 담겨 푸욱 발효된 한을 계속해서 풀어냈다.

이윽고.

그의 푸념이 끝났을 때, 그의 앞에 있는 건 얼굴을 구기고 있는 마왕이었다.

"……."

말실수를 깨닫고 다급하게 입을 막아 보지만, 이미 물은 엎질러졌고.

마왕은 그의 바로 앞에 얼굴을 들이밀며 음산한 목소리를 냈다.

"꿈속으로 들어가서 꾀어낸 게 아니라, 인간계에 직접 가셨다?"

"아, 아버지…… 그런 게 아니라 일단 제 말 좀……."

"시끄럽다!! 네놈이 인간계에 갔다는 것은 필시 인간과 계약을 맺었다는 뜻일 터. 그 고리를 상계 놈들이 알게 되면 어떤 사달이 벌어질지 모르고 그런 것이냐!"

"아니요, 일단 제 말을……."

"시끄럽다 하지 않았느냐! 메르세데스 그것도 인간계에 갔다는 말이지. 내 너희 둘에게 엄중히 죄를 물을 테니 여기서 꼼짝 말고 기다리고 있거라."

그렇게 말하면서 눈을 감은 그는 마계 내를 샅샅이 뒤졌고.

이윽고 메르세데스의 마기를 찾아낸 마왕은 공간을 찢으며 다시 한번 엄포를 놓았다.

"내 마왕 자리를 걸고 맹세하마. 한 발자국이라도 움직인다면, 아들이고 뭐고 네 뿔을 산산조각 내 주겠다."

그리고 마왕은 공간 속으로.

정확히는 메르세데스가 있는 곳으로 이동했다.

과거 조충이 인천항 사태 때 목숨을 잃었을 때는 메르세데스가 인간계에 발을 붙이지 못했지만, 그가 버젓이 살아 있는 탓에 미래가 완전히 바뀌어 버린 것.

　이것은 재건도 미처 인지하지 못하고 있는 변수였다.

마계 한편을 돌아다니며 나무를 베는 하급 악마 둘.

그중 하나가 깊은 인상을 쓰며 고개를 돌렸다.

"……음?"

몇 번만 더 치면 넘어갈 나무를 눈앞에 두고 있지만, 향긋한 내음은 온 시신경을 그쪽으로 향하게 만들고 있었다.

이 정도로 강렬한 냄새를 느껴 본 것은 단연코 처음.

마계 제일미(第一味)라는 마수 '투움'을 구워도 이렇게 코를 자극하지는 못할 터였다.

냄새의 원인을 찾기 위해 주위를 두리번거리자 짜증 가득한 음성이 들려왔다.

"뭐 하는 거야? 얼른 쳐."

"너는 이 냄새가 안 나?"

연신 코를 벌렁거리며 뭔가를 찾는 듯한 모습.

이에 함께 일하던 다른 악마가 주변을 돌아보며 인상을 구겼다.

갈색 구목들이 사방을 가득 메우고 있는 이곳은 이제는 삶의 터전이라 할 수 있는 장소.

별다른 관리를 필요치 않을뿐더러 베어도 베어도 끊임없이 자라는 구목은 나무꾼 생활을 영위하는 이들에게 있어 더할 나위 없는 축복이었다.

또한 구목 특유의 향이 가득한 것도 초기에는 무척이나 마음에 들기도 했었다.

하나 그것도 얼마 지나지 않아 무미건조해질 수밖에 없었는데.

시간으로 따지면 이곳에 자리 잡은 지도 40년이 넘었고, 매일같이 같은 곳에서 도끼질만 해 대다 보니 이제는 아무리 빛깔 좋은 구목을 눈앞에 둬도 지긋지긋함이 밀려들었던 것이다.

한데 그런 곳에서 코를 벌렁거리는 동료를 보고 있자니 절로 고개가 저어질 수밖에.

"너는 이 냄새가 아직도 그렇게……."

그렇게 말하던 순간.

그의 후각에도 난생처음 느껴 보는 기이한 냄새가 걸려들었다.

"너도 맡았지?"

"……이게 무슨 냄새지?"

둘의 시선은 냄새의 근원지를 향해 있었고, 그것에 홀리기라도 한 듯 저도 모르는 사이에 걸음을 내딛고 있었다.

그로부터 얼마 지나지 않았을 무렵.

그들은 괴상한 복장에 떼를 지어 있는 무리를 발견하고 두 눈을 부라렸다.

동시에 머리를 강타하는 생각.

"이, 인간?!"

"저것들이 여길 어떻게 들어왔지?!"

코끝을 찌르던 향긋한 냄새는 다름 아닌 인간들의 것.

둘은 누가 먼저랄 것도 없이 눈을 마주치고는 비릿한 웃음을 지었다.

"저 정도 숫자면 얼마든지 나눠 먹을 수 있어."

"우리 애들한테 맛있는 것도 제대로 못 사 주는데, 드디어 제대로 된 아빠 노릇 좀 하겠군."

그리고 곧장 자리를 박찬 둘은 인간 무리를 향해 팔을 휘둘렀다.

제대로 된 무기가 아닌 나무를 벨 때 쓰던 벌목용 도끼에 불과한 것이었지만, 나약한 인간들을 죽이기 위해서는 한 점부족함이 없다고 생각했다.

하지만 그것은 모든 인간을 자신들의 밑으로 보는 악마 특유의 저급한 생각이었고.

콰창-!

그들의 도끼는 어느새 쇄도해 온 초승달 모양의 소도와 부딪치며 처참하게 부서졌다.

"……!"

"이게 무슨!"

생각지도 못한 상황에 두 악마가 당황 어린 표정을 짓는 사이.

허공에 새겨진 섬광은 가차 없이 둘의 목을 땅에 떨어뜨렸다.

소도의 주인은 두 악마를 보고 고개를 갸웃거리며 말했다.

"얘네 왜 이렇게 사람처럼 생겼어?"

그러자 한 사내가 갈색 머리를 뒤로 쓸어 넘기며 대답했다.

"신체 능력에 특화되어 있는 너는 잘 못 느끼겠지만, 이곳의 대기는 상당히 불안정한 상태다. 평범한 게이트라고 보기 어려워. 아무래도 악마들의 서식지가 아닌가 싶다."

"엥? 그럼 여기가 마계라고? SS급 게이트 뭐 그런 게 아니라?"

그 물음에 대한 대답은 갈색 머리 남자가 아닌 다른 쪽에서 흘러나왔다.

"저도 프렉달 의견에 동감하는 바입니다. 이곳에 오고부터 제 치유력에도 이상이 생겼습니다."

모건이 놀란 눈빛을 한 채 대답한 이를 바라봤다.

긴 금발을 늘어뜨린 파란 눈동자의 여성.

세계 제일의 힐러이자 버퍼로 칭송받는 제이미 홈즈였다.

그녀에게는 레이드를 하기 전 자신만의 특이한 루틴이 있었는데, 게이트 입장 전과 내부로 들어선 후에 치유 스킬을 한 번씩 사용해 보는 것이었다.

부상자도 없는 상황에서 치유 스킬을 사용한다는 건 불필요하게 치유력을 낭비하는 행동.

그 한 번으로 생사가 엇갈릴 수도 있어 반대한 적도 있었지만, 제이미 홈즈는 뜻을 굽히지 않았다.

이유인 즉, 지금과 같은 사태 때문.

혹여나 마나의 농도가 달라지면, 그것과 직결되어 있는 치유력도 같은 효과를 보기 어려운 까닭.

그것을 미리 알지 못한 상태에서 사용하는 것이야말로 치유력을 낭비하는 길이며, 생사를 구분 지을 수 있다는 것이 그녀의 의견이었다.

그런 홈즈의 루틴은 어느새 제니스 1팀에 녹아들어 있었고, 조금 전 말이 사실이라는 것에 힘을 싣기에 충분했다.

"와…… 그럼 마왕이라도 잡아야 저 게이트가 닫힌다는 건가?"

"글쎄요. 악마종 몬스터가 나왔다는 이야기는 많이 들어봤어도, 전 세계 어떤 역사를 뒤져 봐도 마계로 연결되는 게이트가 생성됐다는 사례는 없으니…….”

“뭐, 어때. 너희도 방금 봤잖아. 악마라고 쫄 거 없어. 우리
제니스야. 무서울 게 뭐가 있어? 여차하면 내가 다 죽이지 뭐.”

악마 둘을 단숨에 해치워 버린 모건은 수중에 쥔 소도를
들어 보였다.

악마종 몬스터는 같은 등급이라도 훨씬 까다롭고 강하기
로 정평이 나 있지만, 그것조차 모건에게는 큰 걸림돌이 되
지 않는 것.

보이는 건 모조리 죽인다.

이뿐이었다.

하지만 갈색 머리 남자, 프렉달은 긴장을 늦추지 않았다.

“그렇게 단순하게 생각할 건 아니지만, 다른 선택지가 없
으니 우선 진격한다. 하지만 만에 하나 우리에게 버거운 상
대가 나오면 그때는 무조건 후퇴한다.”

이에 총 여덟로 이루어진 제니스 1팀이 일제히 고개를 끄
덕였다.

그것은 호기롭게 말한 모건 또한 다를 바 없었다.

세계 랭킹 3위의 '왕웨이'.

그가 고위 악마의 마기를 이용해 힘을 폭주시킬 경우, 최
강이라 불리는 프렉달조차도 쉬이 상대하기 어려웠다.

힘을 빌리는 것만도 그럴진대, 이곳은 마기의 원주인인 악
마들이 사는 공간.

언제든 목숨을 앗아 갈 수 있을 존재들이 도처에서 널려 있을지도 모를 일이었고.

간단하게 치부할 수 없는 위기감이 은연중 그들의 의식 속에 자리 잡은 것이었다.

이내 다소 진중해진 표정의 '모건'과 '발보아'를 선두로 수색을 시작하는 제니스 1팀.

몇 걸음 지나지 않아 인간 냄새를 맡은 마수들이 침을 흘리며 서슬 퍼런 발톱과 갈퀴를 휘둘러 댔지만.

과연 중간계(인간계) 최강의 팀이라 일컬어지는 제니스 1팀은 강했고, 마수들의 피가 땅을 적시기까지는 그리 오랜 시간이 걸리지 않았다.

망치를 든 사내는 덥수룩한 턱수염을 매만지며 마수의 사체를 이리저리 훑었다.

까앙- 까앙- 퍼억- 퍼억-

망치로 이곳저곳을 두드려 보던 그가 아랫입술을 쭉 내밀었다.

"잠깐만! 이놈들 가죽이랑 발톱이 꽤나 쓸 만한 것 같은데? 시간 있으면 분해, 채취 좀 하고 가자."

이제 갓 몸에 열이 올라오려 하는데, 흐름을 딱 끊는 소리에 모건이 열을 피웠다.

"미올라, 쓸데없는 데 시간 낭비 좀 하지 말자! 그런 조무래기들 부산물을 쓸어 담아 봐야 아공간만 낭비야. 너 안 그래도 아공간 자리 부족하다고 난리잖아."

"지금 시간 낭비라고 했냐? 이건 우리 공방이 세계 최고로 발돋움할 수 있는 기회야! 이런 사소한 것에서 역사에 새겨질 발명이 나타나는 법이라고."

"아, 예~ 고귀하신 명장 나으리께서 그러시다는데 그렇게 하셔얍죠. 암요~."

모건의 비아냥에 대장장이 미올라의 미간이 구겨지지만, 그것도 잠시 그의 관심은 다시 눈앞에 있는 사체에 쏠렸다.

수개월 혹은 수년씩 공들여 만드는 명품만이 세계 최고의 공방을 만들어 주는 게 아니다.

당장 슈트 분야에서 세계 점유율 2위를 달리는 공방만 해도 명품과는 거리가 먼 곳이니까.

'실상 그런 비싼 값을 지불하고 슈트나 무기를 맞춤 제작할 수 있는 헌터는 1%도 안 되지.'

그곳이 2위라는 자리까지 올라갈 수 있었던 데에는 하급 헌터들이 만족하며 쓸 수 있는 보급형 슈트의 개발이 주효했다.

슈트는 소모재다.

레이드를 뛰면 슈트가 해어지는 것은 불가피하고, 좋은 소재라 한들 내구성엔 반드시라 해도 좋을 만큼 한계가 존재한다.

게다가 희귀한 소재가 들어가게 되면 가격 또한 높아질 수밖에 없는 일.

하여 2위의 공방은 자신들의 포지션을 변경했다.

헌터의 대부분을 차지하는 하급 헌터들을 표적으로 삼고, 가격 대비 성능비가 좋은 제품을 제작해 냈던 것.

그 결정은 적절했고, 헌터들의 입방아에 오르며 지금의 명성을 구가하게 된 것이다.

즉, 마수의 부산물이 정제 과정이 간편하고, 적당한 성능을 지니고 있다면 저들의 점유율을 가져올 수 있다는 말이나 다름없었다.

그런 미올라의 열정을 누구보다 잘 알고 있는 프렉달은 손수 부산물 채취에 나섰다.

"너희들도 가만히 있지 말고 좀 도와. 이게 다 우리 길드를 위해서니까."

"쳇."

모건은 투덜대면서도 마스터의 명령을 따랐다.

그러던 그때.

파지지직-

그들의 지근거리에 마기가 일렁거리며 공간이 찢어졌다.

"……!"

부산물을 채취하면서도 경계를 늦추지 않았던 제니스 1팀은 기민하게 반응했다.

무엇이 벌어질지 모르는 상황.

순식간에 거리를 벌리고 보스 몬스터를 레이드할 때와 같은 대형을 갖췄다.

이윽고 찢어진 공간에서 먼저 모습을 드러낸 것은 핏빛으로 물든 검신.

그리고 그를 따라 쫙 날개를 펼친 여성이 등장했다.

제니스 1팀의 동공에 지진이 난 것도 동시였고.

미국 헌터 협회에서 국가 비상사태를 선언하고, 제니스에게 도움을 요청한 이유를 실감할 수 있었다.

처음 도끼를 들이밀었던 악마 그리고 사방을 포위하며 들이닥쳤던 마수와는 비교도 되지 않는 위압감.

아무것도 안 하고 단지 빤히 쳐다보는 것만으로도 등줄기에 식은땀이 주르륵 흘렀다.

그것은 세계 랭킹 1위의 프렉달이라고 다를 게 없었다.

그는 침음을 흘리며 수중에 쥐어진 무기를 꽉 잡고 낮게 읊조렸다.

"전원 긴장을 늦추지 마라. 잠깐 한눈파는 사이에 목이 떨어질 수 있다."

선공이 반은 먹고 들어간다지만, 쉽게 공격할 수도 없었다.

형언할 수 없는 존재감이나, 온몸에 소름이 돋게 만드는 압력만으로도 머릿속에서 연신 경종을 울리고 있었으니까.

그리고 수중에 들린 핏빛의 검.

붉은 색상이 수많은 피를 빨아들이며 변화한 것이 아닐까 생각될 만큼 그 예기가 무시무시했다.

지금으로선 대치를 유지하며 방안을 마련하는 게 최선이

었다.

그렇게 꼴깍 넘어가는 침 소리가 들릴 정도로 긴장감이 감돌던 그때.

긴 침묵을 깨고 움직인 건 핏빛 검을 쥐고 있는 악마, 메르세데스였다.

"생각보다 강한 인간들이구나. 하지만 너희들의 행군도 여기까지."

그녀는 검으로 땅에 선을 그으며 말을 이었다.

"이 선을 한 발자국이라도 넘는 인간이 있다면, 네놈들의 마지막은 인간계가 아닌 마계가 될 것이다. 이번 한 번만 용서할 테니, 그냥 돌아가라."

일부러 영어로 한 말이었기에 충분히 알아들을 수 있었음에도 제니스 1팀은 꼼짝하지 않았다.

강행과 후퇴.

두 갈림길에서 결정을 내리는 것은 마스터인 프렉달의 몫이기 때문이었다.

모두가 숨죽여 그의 결정을 기다리고 있는 그 순간!

일순 프렉달의 마나가 팽창했다.

하지만 자리에서는 한 발자국도 움직이지 않은 상황.

메르세데스가 경고를 주기 위해 입을 열었다.

"네놈들이 정녕 죽고 싶은……."

하지만 그녀는 말을 끝까지 잇지 못했다.

아무런 움직임이 없었음에도 자신의 앞에 생겨나는 둥근 물방울.

눈앞의 인간이 감히 자신의 경고를 저버리고 스킬을 사용한 것이었다.

메르세데스는 물방울이 자신에게 닿기도 전에 베어 버리기 위해 검을 움직였다.

그리고 핏빛 검이 물방울에 닿는 그 순간.

짜드득

무언가 우그러지는 소리가 들려왔다.

"……!"

메르세데스는 본능적으로 검을 당기고, 뒤로 물러났다.

그때 그녀의 눈앞에 소도가 당도해 있었다.

"이것들이!!"

파창-!

가공할 속도로 주먹을 내뻗자 소도의 이가 한 움큼 떨어져 나갔다.

손은 물론 팔 전체를 타고 욱신거리는 통증이 느껴진 모건이 잠시 몸을 움찔거렸다.

메르세데스는 그 찰나의 틈을 노리려 했지만, 그보다 먼저 양옆을 노리고 광선이 쏘아졌다.

쾌아앙-!

광선과의 충돌이 커다란 파장을 일으켰다.

하지만 그것을 쏘아 낸 제니스 1팀의 원딜은 입맛이 썼다.

펼쳐져 있던 날개가 그것을 너무도 쉽게 막아 버린 탓이었다.

그나마 다행스러운 건 피해가 아예 없는 건 아니라는 것.

티끌만큼 찢어진 날개에서 보라색 피가 흘러내리고 있었다.

"방금 메모라이즈 해 놨던 거 융합해서 진심으로 쏜 건데, 고작 찢어진 게 전부야. S급 몬스터 이상으로 단단하니까 다들 유념해!"

귀로 그녀의 말을 들으면서 제니스 1팀은 계속해서 합공을 퍼부었다.

졸졸졸 흐르는 물이 바위를 뚫는 법.

제아무리 단단한 몸을 지녔다고 한들, 계속해서 맹공을 퍼붓는다면 언젠가 커다란 구멍이 뚫릴 것이었다.

반면 메르세데스는 제대로 된 반격도 해 보지 못하고 방어하기에 급급했다.

'젠장! 생각 같아서는!'

당장에라도 한 놈씩 찢어발겨도 해소되지 않을 만큼 분통이 터졌다.

그럼에도 뜻대로 움직일 수 없으니 짜증만 치솟을 뿐이었다.

눈앞에 떠올라 있는 물방울 때문.

외형만 보자면 단순한 물방울에 지나지 않는다.

하지만 그 속엔 수심 30,000m 이상에서 가지는 압력을 품고 있었고, 닿는 것을 모조리 찌그러뜨려 버릴 만큼 강력했다.

또한 언제 어디서 나타날지 모르니 무작정 대응하기란 여간해선 쉬운 일이 아니었다.

물론 그 외에도 그녀를 소극적으로 만드는 이유가 한 가지 더 있었는데.

바로 30분이라는 시간을 벌라는 재건의 명이었다.

거기에 죽이지 말라는 말까지 덧붙인 탓에 하등한 인간 따위가 기고만장하게 덤벼 대는 꼴을 마주하고서도 치솟는 분노를 억누를 수밖에 없었다.

그저 정해진 시간이 빨리 흐르기만을 바랄 뿐이었다.

그때 한 가지 생각이 번뜩 뇌리를 스쳐 지나갔다.

재건이 요구한 사항은 죽이지 말고 시간을 끌라는 것.

'그럼 안 죽이고 반쯤 불구로 만들어 버리는 건 상관없다는 거잖아?'

파앙-!

일순 마기를 발산해 주위를 덮치는 헌터들을 밀어낸 메르세데스는 검을 내세우며 비릿한 미소를 머금었다.

"너희 손발 다 잘라 줄게."

미사일이라도 떨어진 것처럼 일순간 터져 나오는 마기.

얼핏 보기에는 주변의 것들을 날려 버리는 것에 불과한 파장.

그럼에도 프렉달은 두 눈을 휘둥그레 뜬 채 마기의 주인을 바라볼 수밖에 없었다.

단순히 악마에게 느껴지는 힘이 증가했기 때문은 아니었다.

애초 그녀의 힘을 마주한 때부터 식은땀이 흐를 정도의 압박을 느끼고 있었으니까.

그를 당황하게 만든 원인은 따로 있었다.

'분위기가 달라졌다!'

방어하기에 급급했던 존재였건만.

지금의 그녀에게는 이상하리만치 여유로움이 가득했다.

'아니, 여유가 아니야. 이건 마치…… 즐거움?'

이마와 미간에 깊게 파인 주름이 당황한 심경을 여실히 드러내고 있을 때.

"너희 손발 다 잘라 줄게."

새빨간 입술 사이로 악마의 음성이 흘러나왔고.

"떨어져!"

프렉달은 수중에 쥐고 있던 봉을 다급하게 휘두르며 소리쳤다.

다행히도 그의 다급한 외침은 힘에 밀려 뒤로 주르륵 밀려났다 뛰쳐나가려던 길드원들의 귀에 닿았고.

그들은 급브레이크를 밟듯 저마다의 방법으로 앞으로 쏠린 무게 중심을 옮기는 데 성공했다.

직후 제니스 1팀의 앞으로 십수 개의 물방울이 생겨났다.

-어비스 버블(Abyss Bubble).

아무것도 없던 허공에 예고도 없이 나타난 물방울은 팀원들의 도주를 도우려는 듯 메르세데스의 주위를 가로막았다.

이에 메르세데스가 입꼬리를 올렸다.

"인간 놈이 만든 것치고 이 물방울이 대단하다는 건 알겠는데, 이걸 막는다고 막은 거야?"

대단하긴 하지만 물방울은 고작해야 십수 개에 불과했다.

주위를 전부 막기에는 역부족이었고, 굳이 빠져나갈 구멍을 찾으려 노력할 필요도 없었다.

그저 훤히 드러난 빈틈으로 움직이면 그만이었으니까.

"우선 아까부터 나대는 네 다리부터 좀 잘라야겠다."

메르세데스의 손과 상체가 움직인 방향은 모건이 있는 곳.

그녀의 손이 움직이는 경로를 따라 핏빛 검에 일렁거리던 마기가 붉은 선을 만들어 냈고.

물방울의 틈을 향해 몸을 날리려던 그때.

쫘드득

"끄윽!"

메르세데스가 다급하게 뒤로 몸을 내빼며 어깻죽지를 부여잡았다.

극심한 고통이 전해지는 가운데서도 그녀는 알 수 없다는 눈빛으로 눈앞을 응시했다.

그러나 달라진 것은 아무것도 없었다.

순간 물방울이 자리를 옮겨 막은 것은 아닐까 했으나, 보란 듯이 제자리를 유영하고 있을 뿐 어떠한 변화도 보이지 않았다.

물방울들의 간격 또한 이전과 다를 바 없는 상황.

'대체 이게……'

무슨 일이 벌어진 것인지 영문을 몰라 미간을 찌푸리는 메르세데스.

그 모습을 보며 조금 전 위기를 맞을 뻔했던 모건이 비릿한 미소를 머금었다.

"워우. 설마 저게 뚫리나 했네. 마계에서도 신기(神器)는 작동하나 봐?"

그랬다.

어떠한 변화를 보이지 않았음에도 메르세데스의 전진을 막을뿐더러 극심한 고통까지 전달할 수 있었던 이유.

바로 프렉달이 들고 있는 봉 덕분이었다.

그것은 컨택트가 아닌 게이트에서 구했던 신기 '여의'.

제천대성이 사용했던 여의처럼 엄청난 무게를 자랑한다든가, 마음대로 길이를 늘렸다 줄였다를 반복할 수 있는 것은 아니었지만 나름 특별한 능력이 하나 있었다.

스킬과 스킬을 잇는 능력 '공명(共鳴)'.

이를 이용해 펼쳐 놓은 어비스 버블들의 사이를 이었고, 그에 따라 공백으로 보이는 곳들에서도 버블 안과 똑같은 압력이 작용하고 있었던 것.

어떻게 사용하느냐에 따라 천지 차이로 갈릴 능력이 프렉달의 손에 들어가면서 기함을 토할 능력으로 변모한 것이었다.

프렉달은 서서히 메르세데스가 있는 곳으로 다시 걸음을 옮기고 있는 팀원들을 향해 고함쳤다.

"뭐 하는 거야! 후퇴할 준비해!"

그러자 팀원들이 의뭉스러운 표정을 지으며 대답했다.

"이제까지 저놈은 방어하기에 급급했는데, 방금 어깨까지 버블에 망가지는 걸 내 두 눈으로 똑똑히 봤어. 이건 레이드 할 수 있는 절호의 기회야."

"맞아, 프렉달. 지금 네 버블도 잘 작동하고 있잖아. 저놈이 나오는 것만 막아 주면 나머지는 우리가 알아서 컨트롤할게."

정체를 알 수 없는 게이트가 열렸다.

하여 전 세계의 언론은 제니스 1팀이 이곳에 진입할 것이라며 연일 보도를 쏟아 낸 탓에 어마어마한 스포트라이트를 한 몸에 받았다.

더군다나 단순한 게이트라 생각했던 곳이 세계 최초로 열린 마계로 통하는 입구인 상황.

그런 판국에 아무런 업적도 달성하지 못하고 악마 하나에게 쫓겨나듯이 후퇴한다면 비난이 쏟아지는 건 뻔한 수순이었다.

이제까지 쌓아 올린 명성에 금이 가는 것은 당연했다.

그렇기에 천금과 같은 기회를 놓쳐서는, 아니 제 발로 걸어찰 수는 없었던 것이다.

프렉달도 그런 심정을 모르는 것은 아니었다.

아니, 협회를 통하든 기자들을 통하든 이곳에서의 성과를 발표하는 것은 마스터인 자신의 몫일 터.

제니스의 위상을 드높이는 언사를 뱉고 싶은 마음이 더하면 더했지, 저들보다 낮지는 않았다.

그로서도 지금의 상황이 아깝긴 했다.

어비스 버블은 악마를 완전 구속에 들어갔고.

제아무리 강한 놈이라도 저 상태로 합공을 맞이하게 된다면 어쩔 도리가 없을 것이었다.

그럼에도 후퇴를 명한 데에는 그럴 만한 이유가 있었다.

'마나가 너무 부족해.'

프렉달은 가만히 여의를 내려다봤다.

현재 여의는 프렉달을 파트너로 인식하고 완벽한 공명 상태에 있었다.

그의 의지를 따라 능력을 사용하며 딜레이가 없다고 해도 과언이 아닐 정도로 딱 맞는 타이밍에 능력을 사용한다.

단점은 단순 스킬을 사용하는 것보다 많게는 네다섯 배에 달하는 마나를 소모해야 한다는 것.

일반적인 상황에서도 그럴진대 여기는 대기가 불안정한 마계다.

순수 자신의 마나로만 스킬을 사용해야 하다 보니, 잠깐의 움직임에도 체내 마나의 8할이 소모되어 버렸다.

버블의 생성은커녕 이미 만들어 놓은 것을 유지하는 것만
해도 벅찬 상황이었다.

여의에 둘러진 푸른빛이 점점 희미해지는 것만 봐도 알 수
있는 대목이었다.

'일반 게이트였다면…….'

지금보다 1.5배에 달하는 힘을 발휘하는 것은 물론이고,
이렇게 마나가 바닥날 일도 없을 터.

이곳이 사람에게는 불리하고 악마에게는 유리한 홈그라
운드라는 것이 아쉬울 따름이었다.

하지만 프렉달은 고개를 저으며 눈을 빛냈다.

지금은 그런 아쉬움이나 따지고 있을 상황이 아니었기
때문.

그는 레이드를 강행하려는 팀원들을 다독였다.

"너희 마음을 모르는 건 아닌데, 지금은 아니야. 내가 버블
을 유지할 수 있는 시간은 길어야 10분. 그 안에 저놈을 잡을
수는 없어."

그러자 제이미 홈즈가 그의 말을 거들었다.

"프렉달 말이 맞아요. 제가 버프를 주는 것도 곧 한계에 다
다릅니다."

제니스 1팀의 얼굴들이 짙은 아쉬움으로 물들었다.

마나가 바닥난다는 뜻은 아니었다.

그녀는 항시 치유력에 사용할 마나와 버프에 사용할 마나

의 할당량을 정해 놓았고, 비상시를 대비하기 위한 조치였다.

고로 더 이상 버프에 힘을 쏟지 않겠다는 말이자, 지금의 상황에서 나아질 리 없다는 뜻.

제이미 홈즈의 상황 판단에 따라 변하는 버프는 신체 능력과 마력을 일순 2할 가까이 뻥튀기시켜 주는 사기적인 힘.

그것이 작용하고 있을 때도 버거웠는데, 사라진다면 포기하는 게 맞았다.

최강자 둘이 후퇴를 요하자 팀원들은 입술을 깨물면서도 할 수 없이 몸을 돌렸다.

"알았어. 가자고."

"저 정도 악마한테서 나오는 부산물이면 세계 최고의 슈트랑 무기도 만들 수 있었을 텐데……."

미올라는 구시렁거리면서도 마나로 초대형 못을 만들어 냈다.

그리고 멀찍이 떨어진 곳에 그것을 박아 넣었고.

이윽고 사각 모서리에 각기 자리한 그것들은 메르세데스의 몸을 구속하는 파장을 만들어 냈다.

"다 됐어. 가자."

메르세데스를 보고 쩝 입맛을 다신 미올라가 마지막으로 걸음을 옮기던 그때.

어깨를 부여잡고 있던 메르세데스에게서 지금까지와는 비교도 되지 않는 마기가 터져 나왔다.

제대로 박아 넣기만 하면 아무런 상처도 없는 SS급 몬스터도 10분은 묶어 놓을 수 있다는 미올라의 구속 스킬이 무참하게 꺾여 나가는 것도 동시였다.

시뻘겋게 변한 눈동자와 길게 뻗은 뿔.

그것은 일전에 마왕과 격돌했을 때 딱 한 번 보였던, 그녀의 힘을 전체 개방한 상태에서 나오는 모습이었다.

"이 버러지 같은 것들이…… 내 허락도 없이 어딜 간다는 거지?"

"……!"

살을 에는 한기와 몸 전체를 짓누르는 압박이 제니스 1팀에 전원에게 가해졌고.

프렉달은 마른침을 꼴깍 삼키면서도 혹여나 그녀가 빠져나올세라 어비스 버블에 집중했다.

메르세데스는 마기를 발산했음에도 여전히 자신의 주위에 포진해 있는 물방울을 보며 인상을 구겼다.

"힘은 힘으로 짓눌러야 하는 법이지."

그러고는 뿔에 마기를 집중시켰다.

파지지직-

검붉은 마기는 그녀의 뿔에 집중되어 스파크를 일으키고, 이내 둥그런 형상을 갖추며 그 위에서 위협적으로 빠르게 회전했다.

그리고.

파아아앙-!!

광선이 되어 쏘아졌다.

"엎드려!"

프렉달은 다급하게 고함을 내질렀다.

저것에 직격당한다면 형체도 없이 가루가 되어 사라질 것은 불 보듯 뻔한 일.

그는 여의에 마나를 집중하며 어비스 버블의 공명을 극대화시켰다.

최선을 다하긴 하겠지만, 저 웅혼한 힘을 온전히 막아 낼 자신이 없었기 때문이었다.

메르세데스가 만들어 낸 광선과 프렉달의 버블 공명이 충돌하며 팽팽한 대립을 만들었다.

하지만 그것도 잠시.

"크으윽."

신음을 흘리며 온몸을 바들바들 떨기 시작하는 프렉달.

마나를 극한까지 긁어다 쓴 탓에 고갈 상태에 접어든 부작용이었다.

그럼에도 입술을 깨물며 정신을 억지로 부여잡을 수밖에 없었다.

조금이라도 집중이 흐트러지는 순간, 그대로 혼절해 버릴 테니까.

반면 메르세데스는 너무도 여유가 넘쳐흘렀고.

그녀가 피식 입꼬리를 올리는 순간.

파창-!

간신히 대립을 유지하던 버블 공명은 한순간에 무용지물이 되어 깨져 버렸다.

프렉달은 한계를 넘어서는 마나를 쓴 것과 신기의 반작용에 혹독한 대가를 치러야만 했다.

"커헉."

온몸이 뒤틀리는 고통에 숨이 턱 막히고, 몸속 깊은 곳에서부터 피가 역류하며 입 밖으로 쏟아졌다.

홈즈가 다급히 치유에 나섰다.

"시간 좀 벌어 줘요!"

우락부락한 근육질의 거구 '발보아'는 한 손에 들기도 버거워 보이는 거대한 방패와 대도를 집어 들고 앞으로 나섰다.

"덤벼라 악마 새끼야."

"까부네."

메르세데스는 조소를 지으며 그의 앞으로 이동했다.

S급 최상위에 있는 발보아가 동체 시력으로 쫓지 못할 정도의 스피드였지만, 그는 오랜 시간 경험으로 그녀의 움직임을 포착했다.

쒜엑-!

거대 방패가 공기를 찢는 소리와 함께 왼쪽으로 돌아갔다.

그러자 메르세데스의 검이 방패를 강타했고, 방패는 검의 궤적 그대로 잘려 나갔다.

하지만 발보아는 뒤로 물러서는 것 대신 공격을 택했다.

크게 휘둘러지는 대도.

메르세데스의 전신을 덮칠 만큼 거대한 그것이 어느새 날개 끝에 닿아 있었다.

분명 팔에 가해지는 상처를 알고 있었음에도 그것을 참아내고 검을 휘두른다는 건, 이런 일에 익숙하다는 뜻이었다.

그만큼 체력에 자신이 있다는 것이고, 홈즈의 치유력을 믿기에 가능한 일이었다.

그러나 그것도 상대가 일반적인 몬스터일 때나 할 법한 일.

악마성 3군단장이자 희대의 또라이인 메르세데스를 상대하기에는 실력도 없으면서 자신감만 팽배한 인간 나부랭이의 오만에 불과했다.

좌악-!

이미 날개 끝에 닿았던 대도보다 훨씬 빠른 속도의 쾌검이 그의 손목을 베어 버렸고.

그에 대도는 목적을 이루지 못하고 휘청거리며 속절없이 바닥으로 추락했다.

"크으윽!"

잘리지는 않았지만, 손목이 덜렁거릴 정도로 움푹 파였다.

발보아는 그런 고통을 참으면서도 방패에 마나를 실었다.

하반신에서 터져 나오는 마나가 땅과 그를 연결하고, 지탱

하는 힘을 더한다.

반쯤 잘려 나간 방패는 마나가 덧대지며 어느새 다시 원상 태를 갖추고 있었고.

그는 온전한 방어 태세에 힘을 실으려 몸을 웅크렸다.

그사이에 홈즈는 프렉달을 치유하기에 여념이 없었다.

악마가 강하다는 건 알고 있지만, 온 신경을 치유에 쏟아 야 할 만큼 프렉달의 상태가 좋지 못했다.

이럴 때를 대비해 아껴 둔 마나를 아낌없이 쏟아부었다.

하지만 평소와 다른 마계의 대기는 그것마저 방해했고.

생각 이상으로 상태가 좋지 않은 프렉달은 좀처럼 나아질 기미가 보이지 않았다.

"혈색이 너무 안 좋아. 일단 나가야 돼."

발보아는 씁쓸한 웃음을 지으며 말했다.

"오래는 못 버틸 거 같다. 얼른 나가라."

희생을 하겠다는 말이었다.

팀원들은 입술을 질끈 깨물었다.

명색이 최강이라 불리는 제니스 1팀이 희생을 치르면서까 지 도망가야 한다니.

앞서 프렉달이 후퇴하자고 했을 때 바로 몸을 내뺐다면 이 런 일은 벌어지지 않았을 터였다.

어리석었던 행동에 대한 후회가 물밀듯 밀려들어 오는 그때.

날카로운 기세를 내뿜던 메르세데스가 일순 검을 내렸다.

"그냥 보내 줄 테니까 꺼져라."

"……!"

영문을 모르겠다는 듯 어안이 벙벙한 표정을 짓는 이들.

메르세데스는 그런 이들을 가만히 바라보기만 할 뿐 더 이상 어떠한 말도 하지 않았다.

건방진 인간 놈들이 자신을 공격했다는 것은 마음에 들지 않지만, 오랜만에 재미있는 전투였다.

나름 화풀이도 했으니 이 정도에서 그치는 게 맞았다.

여기서 더 나갔다가는 필시 저들 중 누군가는 죽게 될 터.

그것은 메르세데스가 원하는 결말이 아니었다.

시간만 벌라고 했지 언제 죽이라고 했냐며 재건이 자신을 죽이려 들 수도 있는 노릇이었으니까.

'이쯤이면 시간은 충분히 벌었겠지.'

이제는 다시 8군단장이 있는 성으로 돌아가기만 하면 임무는 완수되는 것이었다.

그런데.

파지지직-

그녀의 옆에서 마기가 일렁거리고 공간이 찢어졌다.

뒤이어 등장하는 존재를 마주하며, 메르세데스는 두 눈을 휘둥그레 뜰 수밖에 없었다.

특유의 회색 피부에 기다란 몸.

그리고 황금색 눈동자.

성을 벗어나는 것이 극히 드물다는 마왕이 직접 이동해 불편한 기색을 드러내고 있었다.

"메르세데스, 인간계에 갔었나?"

마왕 '페토그라'.

과거 겁도 없이 칼을 들이밀었던 메르세데스에게 무참한 패배의 쓴맛을 안겨 준 존재.

누구에게도 질 자신이 없을 정도로 자신감이 팽배했던 시절이었기에 그녀가 느꼈던 충격은 더욱 클 수밖에 없었다.

혼신의 힘을 다한 일격이 고작 팔에 옅은 생채기 하나를 만든 게 전부였으니까.

그만큼 메르세데스와 마왕의 격차는 자리만큼이나 현격했다.

이후 1, 2군단장은 당장 그녀의 뿔을 자른 뒤 마수의 먹잇감으로 던져 버려야 한다고 주장했다.

우러러봐야 할 존재에게 감히 검을 들이밀었으니 당연한 처사였다.

하지만 마왕은 자신의 팔에 새겨진 상처를 내려다보고는 그녀를 향해 흥미로운 웃음을 지어 보였다.

'메르세데스, 다음 세대가 오면 내 아들을 잘 보좌해 주길 바란다.'

그렇게 아무런 벌도 내리지 않은 채 다시 성으로 돌려보낸 것이 전부.

이후 성으로 돌아온 메르세데스는 성문을 굳게 걸어 잠갔다.

그리고 오랜 시간 이를 갈며 수련에 매진했다.

광오하게 내려다보는 얼굴에 반드시 칼을 꽂아 넣겠다고 다짐하며.

그로부터 백 년이 흘렀을 때, 그녀는 수중에 든 검을 놓았다.

때가 돼서가 아니었다.

'난 안 되는구나.'

마왕과 자신 사이에 넘을 수 없는 벽이 존재한다는 것을 깨달았기 때문이었다.

수백 년을 수련에 정진한다고 한들 도저히 뛰어넘을 수 없는 높은 벽.

태생을 그렇게 태어났으니, 평생을 그렇게 살아야 한다는 사실이 울분을 토하게 만들었고.

그날 그녀의 성에는 통곡에 가까운 비명이 난무했다.

그렇게 다시는 마왕과 마주치지 않겠다고 결심했는데.

돌연 마왕성을 벗어난 것으로도 모자라 공간 이동까지 하며 자신의 앞에 나타난 것이었다.

그리고 마왕의 입이 열리는 순간 안 그래도 놀라 있던 그녀의 표정은 경악을 넘어서는 모습으로 변했다.

"메르세데스, 인간계에 갔었나?"

단순히 심중만으로 던진 질문이라고 볼 수 없었다.

무언가 확실한 증거를 잡았다는 생각이 강하게 들었다.

그렇지 않고서야 그가 직접 행차할 리 없으니까.

'어디에서 걸린 거지?'

아무리 마왕이라도 인간과 계약을 하고, 인간계를 넘나드는 것을 직접 보지 않는 이상 알아챌 수는 없다.

그렇다면 자신이 인간계에 간 것을 아는 이에게서 들었을 터.

그가 누구일지 고민하던 메르세데스의 뇌리로 문득 한 가지 생각이 스치고 지나갔다.

'아우그라…… 이 미친 새끼가…….'

마왕의 아들이자 자신이 인간계에 간 사실을 아는 유일한 존재.

그놈이 아니고서는 범인으로 특정할 이는 단 한 명도 없었다.

아마도 평소처럼 입방정을 떨어 대다가 저도 모르는 사이

발설했을 터.

어찌어찌 범인의 색출은 끝냈으나, 여전히 해결되지 않은 문제가 남아 있었다.

한껏 분노한 표정으로 자신을 내려다보는 저 눈빛.

그에게 도전했을 때보다 심기가 불편해 보이는 상황이었다.

어떤 대답을 내놓아야 할지 고민하던 그녀는 이 이상 그의 심기를 건드려서 좋을 게 없다는 것을 인지하곤 멋쩍은 웃음을 지으며 대답했다.

"그게……."

하지만 마왕은 그녀의 말을 귀담아 듣지 않았다.

험악하게 일그러진 얼굴.

마왕의 존재감이 여실히 드러나는 금안(金眼)이 엄청난 마기를 동반하며 타올랐다.

메르세데스와 대적하고 있던 제니스 1팀을 발견한 것이었다.

"인간이 어째서 마계에 있는 거지?"

메르세데스와는 차원이 다른 위압감을 선사하는 마왕.

안 그래도 메르세데스의 힘에 압도당하고, 프렉달의 부상에 위축되어 있던 제니스 1팀은 불안에 찬 눈빛으로 그를 쳐다봤다.

무언으로 수신호를 주고받지만, 팀을 이끌어야 할 프렉달이 혼수상태에 빠져 있는 지금, 어떻게 대응해야 할지 선뜻 결정하지 못했다.

그저 잔뜩 긴장한 상태로 저마다의 무기를 앞으로 내세우며 혹시 모를 상황에 대비하는 것이 전부.

그런 이들을 바라보는 마왕의 금안이 더욱 이글거렸다.

그 순간 마왕이 허공에 팔을 내저었다.

파지지직-

"……!"

그의 팔이 움직임에 따라 꿀렁거리는 마기가 제니스 1팀을 덮쳐 갔고.

선두에 서 있던 탱커 발보아는 무의식적으로 방패를 곤추세웠다.

덜렁거리는 손목 탓에 한쪽 팔과 어깨로 지탱해 보지만, 큰 기대는 품지 않았다.

메르세데스와는 궤과 다른 힘.

그녀조차 막아 내지 못했으니 큰 도움은 되지 않을 것이었다.

하지만 그렇다고 가만히 공격을 허용할 수는 없는 일.

제 한 몸 희생해서라도 팀원들을 보호해야 한다는 일념으로 곧 들이닥칠 기운을 대비했다.

하지만 그런 예상과 달리.

발보아에게는 어떠한 일도 벌어지지 않았다.

아니, 그를 제외하고도 제니스 1팀의 모든 이들 또한 마찬가지였다.

멍하니 시선을 돌려 바라본 옆 공간.

그곳엔 어느새 커다란 구멍이 나 있었다.

"메르세데스가 한 짓은 내가 사과하지. 하지만 악마의 꾐에 넘어가 마계로 넘어온 그대들도 잘한 일은 아니니, 오늘을 기억하고 다시는 악마와 연관되지 않도록 유념해라."

차분히 설명한 마왕이 긴 팔을 뻗어 공간을 가리키며 말을 이었다.

"인간계 바다 위로 이어지는 공간이다. 처음이자 마지막 안배이니 한시 빨리 내 눈앞에서 사라졌으면 좋겠군."

전과 다를 바 없는 고조의 음성.

그러나 그 안에 담긴 것은 명백한 멸시이자 격노였다.

이를 빠르게 눈치챈 메르세데스가 황급히 소리쳤다.

"다 죽여 버리기 전에 빨리 꺼져라."

그러나 제니스 1팀은 얼어붙은 듯 움직일 기미를 보이지 않았다.

사람을 살려 주는 몬스터라니.

솔직한 말로 믿을 수 없었다.

저 공간이 밖으로 나가는 게 아니라, 감옥 같은 곳으로 이어지는 거라면?

사람을 속이는 것을 좋아하는 악마의 장난이라면?

그런 부정적인 생각이 가득해 쉬이 발걸음을 뗄 수 없었던 것이다.

하지만 그들이 내릴 수 있는 결정은 하나밖에 없었다.

"들어가죠."

홈즈의 말에 팀원들의 고개가 일제히 그녀에게 향했다.

"저 말을 믿어?"

"믿는 수밖에 없어요. 여러분도 아시겠지만, 저들이 힘을 쓰면 100% 확률로 우리는 이 자리에서 전부 죽어요. 반면 저 공간으로 들어가면 다르겠죠. 1%의 확률이라도 밖으로 이어질지 모르니까. 우린 그 1%에 거는 겁니다. 어떻게든 살아 나가야 해요."

"……그렇군."

허망하게 죽어선 답이 없었다.

일단 살아야 후일을 도모할 수 있는 법.

어떻게는 활로를 열고 돌아가야만 했다.

세계 최강의 팀이라 자부하는 자신들이 이 자리에서 모두 죽어 버린다면, 나중에 이곳과 연결된 게이트에서 뛰쳐나올 악마들을 막아 낼 사람은 아무도 없을 테니까.

결국 하나뿐인 선택지를 받아들인 이들이 힘겹게 자리에서 일어섰고.

홈즈의 지시에 따라 천천히 마왕이 연 공간으로 발걸음을 옮겼다.

처음 협회로부터 요청을 받았을 때의 호기로움은 온데간데없이 사라져 있었다.

몬스터에 쫓겨 도망가는 신세에 대한 처량함과 분노만이 남아 있을 뿐이었다.

그렇게 마지막에 마지막까지 방패를 내세우며 견제하는 잊지 않았던 발보아까지 뒷걸음질로 공간 너머로 사라진 직후.

마왕은 또다시 손을 들어 공간을 닫아 버린 뒤 흉흉한 기운을 뿜어내며 메르세데스를 응시했다.

"인간과 계약을 한 것도 모자라, 마계에 끌고 들어와? 네가 제정신인 것이냐!"

진심으로 화가 난 마왕의 힘은 그저 고함을 지른 것일 뿐임에도 메르세데스를 압박했다.

하지만 그녀는 억울함을 토로하며 맞받아쳤다.

"저들은 제가 끌고 온 게 아닙니다. 오히려 마계를 침입한 인간들을 상대하고 있었던 겁니다."

그 순간 마왕의 눈썹이 꿈틀거렸다.

"그게 무슨 말이지? 네가 데리고 들어온 게 아니라면 인간들이 어떻게 마계에 발을 딛는단 말이냐."

"저도 자세한 건 모릅니다만, 이곳에서 인간의 기운이 느껴져서 온 것이었습니다. 근처 어딘가에 인간계와 이어지는 통로가 만들어진 게 분명합니다."

"뭐라?!"

미간을 찌푸리며 금안을 부라리는 페토그라.

마계와 인간계는 악마가 직접 공간을 열지 않는 이상 이어질 수 없었다.

아니, 만에 하나 그런 공간이 생겼더라도 마계를 아우르는 자신이 그런 것을 알지 못할 리 없을 터.

지금의 말을 곧이곧대로 받아들일 수 없었다.

하지만 메르세데스는 확신 가득한 얼굴로 마왕을 바라봤다.

이미 그런 공간이 있다는 것은 경험으로 아는 상태.

재건을 비롯해 현재 8군단성에 있는 인간들만 해도 그곳을 타고 넘어온 것이었으니, 결코 거짓은 아니었다.

메르세데스는 그의 관심이 완전히 그곳으로 넘어갔다는 것을 캐치하고, 재빨리 말을 이었다.

"확실합니다. 제가 있는 곳까지 먼 걸음 행차하신 걸 보니 아우그라한테 무슨 소리를 들으신 것 같은데, 말씀드렸다시피 저는 마계를 침범한 인간 무리를 막고 있었을 뿐입니다. 의심쩍으시면 저와 함께 근방을 수색해 보시죠."

그때 마왕의 금안이 휙 하고 한 곳을 바라봤고.

그는 낮은 음성으로 말했다.

"만에 하나 네 말이 거짓이라면 군단장직에서 파면당할 테니 그렇게 알고 따라오너라."

기괴한 소리와 함께 마왕의 등이 찢어지며 거대한 날개가 솟아난 것도 동시였다.

마왕은 그대로 금안이 가리키는 방향을 향해 몸을 돌렸고, 날개를 펄럭이며 광속으로 비행했다.

메르세데스는 황급히 그의 뒤를 따르며 생각을 정리했다.

'내가 인간과 계약을 한 것은 통로가 생겼다는 것에 가려지겠지. 마왕은 그곳을 없애기 위해 혈안이 될 테니까.'

하지만 이것은 작은 문제일 뿐이었다.

지금 가장 큰 문제는.

조금 전 밖으로 나간 인간들을 제외하고서라도 이미 마계에, 그것도 8군단성에 많은 인간들을 비롯해 고룡이 자리하고 있다는 것.

그것을 마왕이 눈치채기라도 하는 날에는 어떤 사달이 벌어질지 그녀로서도 짐작할 수 없었다.

그리고 마왕을 움직인 원흉을 생각하며 인상을 구겼다.

'아우그라, 역시 넌 예뻐하려야 예뻐할 수가 없구나.'

악마성 8군단장의 성.

재건의 앞에는 새까만 피부를 자랑하는 그리말도가 터벅터벅 힘없이 걷고 있었다.

"빨리 좀 걷지?"

밖에서 봤을 때도 거대한 성이었는데, 그 내부는 외관과는 또 다르게 만 명 이상이 살기에도 부족함이 없을 만큼 넓었다.

그런 곳을 천천히 걸으니 재건으로서는 답답할 노릇이었다.

그리말도는 축 늘어진 어깨로 뒤를 쳐다보며 대답했다.

"이제 다 왔습니다."

이윽고 5분여를 더 걸었을 때, 그리말도는 벽에 손을 가져다 댔고.

쿠구구궁-

동시에 한쪽 벽이 굉음을 일으키며 옆으로 드르르륵 밀려났다.

매끈한 마석으로 지어진 공간.

그곳 중앙에는 철퇴 하나가 쇠사슬에 칭칭 감겨 있었다.

"저게 마왕께서 하사하신 악기(惡器)입니다."

칭칭 감겨 있던 쇠사슬은 누군가 악기를 강탈해 가지 못하도록 막아 놓은 장치.

제어를 풀지 않고 손을 댄다면 세 개의 쇠사슬이 팽팽해져 철퇴를 묶고, 남은 하나의 쇠사슬은 철퇴에 닿은 손을 묶게 되어 있었다.

그리고 중급 마족 정도는 단숨에 터뜨릴 수 있을 정도의 고압 전류를 동반한 마기를 방출한다.

당연히 그리말도는 그것을 알고 있었기에 제어를 풀려고 했다.

하지만 그보다 재건의 움직임이 빨랐다.

"오케이."

한달음에 중앙으로 이동해 철퇴를 향해 손을 뻗는 재건.

그리곤 뭐라 말할 새도 없이 철퇴를 움켜쥐었고, 장치는 설계됐던 것처럼 팽팽해지며 재건의 팔을 옭아맸다.

뒤이어 벌어질 참사를 예상하며 그리말도가 뭐라 소리치려는 찰나.

와지직-

재건이 조금 힘을 주자 쇠사슬은 속수무책으로 힘없이 뽑혀 나오고.

고압전류를 동반한 마기는.

"아, 따가워라."

그저 정전기가 통한 것처럼 잠시 따가움을 선사하고 사라졌다.

"……."

그리말도는 할 말을 잃고 그를 멍하니 쳐다봤다.

'역시 그냥 주길 잘한 거겠지?'

차라리 자신을 죽이고 가져가라던 그리말도가 이토록 순순히 내놓은 이유는 간단했다.

재건이 협박을 해 왔기 때문이었다.

'시간 없어. 좋은 말로 할 때 안 내놓으면 너는 곱게 못 죽을 거야. 네 뿔을 잘라서 그대로 엉덩이에 쑤셔 넣어 주지. 그리고 7군단성에 던져 버릴 거야.'

그것은 그리말도를 황급히 움직이게 만들기에 충분했다.

악마가 가진 힘의 근간은 뿔에 있으며, 그것이 잘린다는 건 힘의 대부분을 잃는다는 것과 동일했다.

게다가 평소 서로 사이가 좋지 않은 7단성에 그 상태로 던져진다는 것은.

바르르-

생각만 해도 끔찍한 결과를 초래할 것이 분명했다.

'어차피 뺏길 거 목숨은 보전해야지.'

스스로 위험에 내던질 필요는 없었다.

그사이에 재건은 쇠사슬을 풀어내고 철퇴를 매만졌다.

"음…… 좋기는 한데, 신기(神器)에 비하면 좀 떨어지네."

당연한 이치였다.

신기(神器)는 마나를 동반해 헌터가 사용하기에 적합한 무기지만, 악기(惡器)는 마기를 사용해야만 그 효율을 극대화시켜 사용할 수 있었으니까.

가만히 쳐다보며 혼잣말을 내뱉던 재건은 이내 아공간에 던져 넣었다.

"조충이 안 쓴다고 하면, 왕웨이나 주지 뭐."

애초에 자신이 쓸 것도 아니었으니 크게 상관할 바는 아니었다.

이후 밖으로 나온 그는 주위를 두리번거리며 물었다.

"메르세데스는 아직도 안 왔어?"

"예, 아직 안 왔습니다."

"30분만 시간 벌고 오랬더니. 뭐 하는 건지……."

그러던 그때.

엄청난 속도로 다가오는 무언가를 느낀 재건이 고개를 홱 하고 젖혔다.

그리고 몇 초 지나지 않아 돌풍을 일으키며 하늘에 나타난 존재.

그에게서 심상치 않은 힘을 느낀 재건은 직감적으로 그의 정체를 파악할 수 있었다.

3군단장인 메르세데스에 비할 수 없을 만큼 강대한 기운을 가진 존재.

마계에서 이런 힘을 가진 자는 단연코 하나밖에 없었다.

"마왕."

땅에 착지해 강렬한 존재감을 뿜어내며 저벅저벅 걸어오는 그.

이내 눈앞에 선 마왕이 굳게 다문 입술을 열었다.

"상계(上界)의 왕께서 하계(下界)에는 무슨 일로 오신 겁니까."

딱히 긴장까지는 아니어도, 마계를 침범한 것 때문에 마왕과 한바탕 소동을 벌여야 하나 걱정하고 있었건만.

그의 입에서 나온 말은 다소 충격적인 언사였다.

'상계(上界)의 왕?'

재건의 놀란 눈동자가 마왕의 시선이 향하는 곳을 바라봤다.

마왕을 면전에 두고도 한 치의 흐트러짐도 보이지 않는 여인.

드래곤 릴리스였다.

'조금 다르다는 것은 알고 있었지만…… 왕이라니…….'

사실 릴리스가 다른 드래곤들과 궤를 달리한다는 것은 이미 알고 있는 사실이었다.

드래곤 중에서도 그 힘이 강하기로 유명한 레드 일족을 말살한 존재, 광룡 트라페울.

그런 놈을 단신으로 잡았다고 했을 때부터 그녀가 가진 힘의 강대함은 충분히 짐작하고도 남았으니까.

하지만 마왕의 입에서 거론된 상계의 왕이라는 말은 논외의 문제였다.

상계(上界).

마계와 달리 고고함 그 자체인 드래곤들이 사는 곳을 칭하는 말.

그곳의 지배자란 것은 모든 드래곤들의 정점이라는 말과 다름이 없었고.

이는 재건을 충격의 도가니에 빠지게 만들었다.

'이전부터 보였던 자신감의 원천이 거기 있었던 거네.'

새삼 릴리스를 다시 보게 되었다.

어쩐지 도도한 척 품위 있는 척은 다 하더니, 그럴 이유가 있었던 것이었다.

나름 상황을 이해한 재건이 이번엔 굳은 듯 서 있는 마왕에게로 시선을 돌렸다.

'여기도 신기하단 말이지.'

마왕이란 마계를 지배하는 우두머리다.

모든 악마를 대표하며 그만큼 무시할 수 없는 힘을 보유한 오만함 그 자체라 할 수 있는 존재.

그런 이가 스스로 마계를 하계(下界)라 낮추어 부르는 것으로 모자라 존칭을 내뱉는다?

그것이 의미하는 바는 하나였다.

우열의 확정.

이전에 있었다던 전쟁에서 패배한 쪽이 하계가 됐을 터였다.

'나중에 한번 확인해 봐야겠네.'

그렇게 재건이 상황 파악을 마쳐 가던 그때.

또각- 또각-

릴리스가 고고한 자태를 뽐내며 마왕의 앞으로 걸음을 옮겼다.

두 거대한 존재의 대립에 주위의 구경꾼들은 숨을 쉬는 법도 잊고 조용히 그것을 지켜봤다.

평상시와 같다면 별로 크지도 않을 구두 소리.

하지만 숨소리마저 고요해진 그곳에선 또각또각 소리가 그렇게 커다랗게 들릴 수 없었다.

이윽고 마왕의 앞에 선 그녀는 한쪽 눈썹을 추켜올렸다.

"나도 이 불쾌한 곳에 오고 싶어서 온 것이 아니다."

명백히 마계를 낮잡는 말.

그럼에도 불구하고 페토그라는 안색 하나 변하지 않고, 차분히 대답했다.

"저는 왜 오신 건지 여쭈었습니다."

지극히 공손한 태도와 말투를 유지하고 있지만, 그 말에는 뼈가 숨어 있었다.

당연히 대화 상대인 릴리스가 이를 느끼지 못할 리 없는 일.

그녀는 헛웃음을 흘리며 그를 올려다봤다.

2m가 족히 넘는 마왕의 신장과 170cm 정도 되는 릴리스였기에 자연스럽게 릴리스의 고개가 위로 향한 것이었다.

"페토그라, 네가 언제부터 나를 그렇게 내려다봤지?"

"당신께서 폴리모프 상태에 있으시니 당연히 그럴 수밖에 없지 않겠습니까? 설마 그것 때문에 하계에서 본신을 드러내실 생각은 아니겠지요."

"허?"

점점 공격적으로 변하는 페토그라의 어투에 릴리스가 손을 들어 올렸고.

찰나의 순간이지만 페토그라는 움찔하는 모습을 보였다.

당연히 그 모습을 릴리스가 캐치하지 못할 리 만무했다.

릴리스는 올리던 손을 가만히 입가에 가져다 대고 입술을 문지르며 말했다.

"보는 눈이 많다고 너무 애쓰지 마라. 보기 짠하구나. 내가 만에 하나라도 여기서 본신을 드러낸다면 감당할 자신은 있느냐?"

그 말에 마왕의 눈동자가 잘게 떨렸다.

이곳은 자신에게 유리한 마계.

게다가 다른 드래곤들은 없이 혼자인 상황이다.

'각 군단장이 악기(惡器)를 동반하고 마족을 총동원해 릴리스를 상대한다면…….'

어쩌면 본신을 드러내더라도 감당할 수 있을지도 몰랐다.

하지만 그것도 잠시.

빠득-

마왕은 이가 부서질 정도로 강하게 깨물고, 그녀를 응시했다.

'잠시 허튼생각을 품었군.'

길게 고민할 필요도 없는 질문이었다.

뒤이어 떠오른 기억의 파편이 그런 생각을 저 멀리 날려 버린 것이다.

떠올리기만 해도 치를 떨 만큼 끔찍했던 과거의 기억이었다.

이제는 대전쟁이라 불리는.

과거 수없이 많은 악마들이 경계를 넘어 인간계를 침범했다.

이에 드래곤들은 도가 지나치다는 이유를 들먹이며 제지하기에 나섰고.

당시에도 마왕으로 군림하고 있던 페토그라는 하늘을 찌르는 마족의 위세를 등에 엎고 드래곤들과의 전쟁을 선포했다.

처음에는 괜찮았다.

한참 전성기를 구가하고 있던 마계는 천만에 육박하는 마족이 존재했고, 그들은 하나같이 강인한 존재들이었으니까.

땅이 어둑해질 정도로 거대한 그림자를 만드는 드래곤이 모습을 드러냈을 때도 전혀 위축되지 않았다.

'오히려 밀어붙였지.'

마족보다 우위에 있는 존재가 드래곤이라고 한들, 압도적인 수를 감당할 수는 없는 노릇.

빠른 시간에 성룡 다섯 마리를 잡아내며 승기를 잡아 가는 듯했다.

바로 뒤 한 마리 드래곤이 나타나지 않았다면 말이다.

다른 드래곤들과 달리 수십만 마족의 합공에도 뚫리지 않는 존재.

휘둘러지는 발톱의 풍압만으로 수백 수천의 마족이 찢겨 나갔다.

순식간에 피해는 걷잡을 수 없이 번져 나갔고.

전쟁을 선포한 것이 최악의 결단이었다는 것을 깨달았을 때는 이미 늦은 뒤였다.

마왕이 어쩔 수 없이 무릎을 꿇었을 때는 이미 그를 포함한 드래곤들의 브레스에 마계의 8할 이상이 초토화된 이후였으니까.

몇 되지 않는 드래곤들에 의해 마계가 궤멸에 가까운 피해를 입은 것이다.

그에 반해 드래곤이 입은 피해는 처음 죽은 다섯이 전부.

그렇게 마족에게는 대전쟁이라 치부할 만큼의 커다란 피해를 준 데 반해, 드래곤에게는 찰나의 소모전에 지나지 않을 역사로 만들어 버린 존재.

그가 바로 상계의 왕이자 고룡 릴리스였다.

그로부터 수백 년이 지났지만.

과거 느꼈던 회한과 공포, 무력감은 여전히 가슴속 깊은 곳에 남아 있었고.

여전히 머릿속에 경종을 울려 대고 있었다.

'……또다시 어리석은 결정을 내릴 뻔했군.'

다른 악마들은 있으나 마나 할 정도로 흔적도 없이 사라질 테고, 자신은 그녀의 날개 한쪽이나 뜯으면 정말 잘 싸운 것일 터였다.

이가 갈릴 정도로 분하지만, 그것이 현실이었다.

그것이 저 망할 고룡과 자신의 격차였으니까.

물론 그렇다고 앞마당까지 찾아와 대놓고 협박하는 것을 넘어가 주는 것은 별개의 문제였다.

"그때 서로가 합의한 규율을 먼저 깨뜨린 건 당신입니다. 당신께서 아무리 강하다고 한들 일언반구도 없이 하계를 휘젓고 다니는데, 제가 가만히 있을 수 있겠습니까?"

"내가 먼저 깨뜨려? 우리의 규율이 무엇인지는 기억하느냐?"

"……."

릴리스의 말에 마왕은 대답할 수 없었다.

마족들이 경계를 넘어 중간계를 어지럽히지 않게 된 것은 대전쟁 이후 생겨난 규율 때문.

한데 아우그라와 메르세데스가 인간과 계약을 하면서 그것을 깨뜨려 버렸다.

고로 명백한 과실은 자신들에게 있는 것.

상계의 왕인 릴리스가 그에 대한 죄를 물으러 왔다면 모두 끝인 것이었다.

페토그라로서는 꿀 먹은 벙어리가 될 수밖에 없었고.

충분히 알아들었다 생각한 릴리스가 말을 이어 갔다.

"너희에게 관용을 베풀어 세 번의 기회를 주기로 했던 것도 이번이 마지막이 되겠구나. 이번 이후로 또 규율을 깨뜨리는 일이 나온다면 그때는 자비를 잊은 나를 맞이할 것이다."

오롯이 릴리스의 인자함으로 연명하게 된 마왕이었지만, 끝까지 고개를 숙이지 않았다.

왕과 왕의 대면.

강함을 추구하는 마족으로서의 본능이 고개를 숙이는 것을 거부한 것이었다.

그렇다고 그녀를 계속 마주하는 것은 불가능한 일.

페토그라는 시선을 회피하며 주위를 둘러봤다.

그제야 릴리스라는 거대한 존재에 가려져 있던 미천한 인간들이 눈에 들어왔고.

그 뒤로 작은 아이의 모습을 한 드래곤이 두 눈을 사로잡았다.

릴리스의 그것과 동일한 색깔의 머리카락과 가만히 있어도 느껴지는 기운.

'대놓고 고룡의 자식이라고 티를 내는군.'

그러면서 녀석의 기운을 탐색한 페토그라는 헛웃음을 내뱉었다.

대전쟁 시절에는 자식이 없었으니, 녀석이 태어난 건 그 이후일 터.

그렇다는 건 길게 잡아 봐야 수백 년밖에 살지 않았다는 건데, 당장 붙어도 승산을 장담하지 못할 정도로 기운이 거대했다.

'이게 아무리 노력해도 뛰어넘을 수 없는 종족의 벽인가……'

평소 메르세데스가 왜 그렇게 아우그라를 질투했는지를 새삼 깨닫는 순간이었다.

그러던 그때.

또 하나의 거대한 기운이 8군단성을 향해 날아왔고.

하늘에서 날개를 접고 살포시 땅에 착지한 메르세데스는 긴장 어린 표정으로 둘을 번갈아 봤다.

마왕 그리고 재건이었다.

자신이 없는 사이에 어떤 대화가 오고 갔는지를 모르니 더욱 긴장될 수밖에.

그러나 그녀는 이내 고개를 젓고는 재건에게 다가가 무릎을 꿇으며 말했다.

"악마성 3군단장 메르세데스, 고룡님의 명을 완수하고 돌아왔습니다."

마왕이 보는 앞에서 다른 존재에게 무릎을 꿇는다는 것이 걸리긴 했지만, 재건이 마왕보다 한참이나 우위에 있다는 것을 알고 있기 때문이었다.

마왕과 릴리스의 대화에 흥미를 느끼고 있던 재건은 그런 메르세데스를 향해 팔을 휘휘 내저었다.

"그래, 고생했어. 저리 가 있어."

"예, 감사합니다."

그때 마왕이 눈을 부라리며 말했다.

"메르세데스, 지금 뭐 하는 짓이지?"

마왕이 아닌 다른 존재에게 고개를 숙인 데 대한 분노.

이를 눈치챈 메르세데스가 황급히 설명을 덧붙였다.

"……아까 전에 인간들의 침입을 막고 있던 것이 고룡께서 명하셨던 일이었습니다."

이에 마왕이 이해한다는 듯 고개를 주억거렸다.

메르세데스의 힘이라면 진작에 죽이고도 남았을 인간들이었건만.

상처를 입으면서까지 제대로 된 공격은 하지 않고, 방어에만 급급했던 일.

그것이 인간을 끔찍이 아끼는 고룡의 명 때문이었다면 충분히 그럴 만했다.

문제는 그건 그렇다 쳐도, 여전히 해소되지 않는 문제가 남아 있었으니.

"그런데 왜 미천한 인간 놈에게 무릎을 꿇는 것이냐?"

대상이 잘못되었다.

상계의 왕은 저 보잘것없는 존재가 아닌 릴리스다.

괜히 그녀의 심기를 거스를까 염려됐던 마왕이 또다시 언성을 높였다.

"눈이라도 다친 것이냐? 네가 무릎을 꿇은 것은 미천한 인간 놈이다. 상계의 왕께서는 여기 계시니, 빨리 사죄를 빌거라."

"……?"

알 수 없는 마왕의 말에 메르세데스가 재건과 릴리스를 번갈아 쳐다봤다.

그리고 마왕이 무언가 잘못 알고 있다는 생각을 하며 대답했다.

"마왕께서 착오가 있으신가 봅니다. 제가 먼저 인사를 드린 분 또한 고룡이십니다."

마왕의 얼굴이 혼란으로 물들었다.

고룡이라 함은 상계의 왕.

그런 힘을 가진 존재가 둘씩이나 될 리는 없었다.

만일 그랬다면 지난 대전쟁에서 필시 모습을 드러냈을 테니까 말이다.

하지만 메르세데스가 아무런 이유 없이 한낱 인간을 고룡이라 착각할 리는 없을 터.

그 원인을 파악하고자 재건에게 고개를 돌렸을 때, 초롱이가 재건의 품으로 폴짝 뛰어올랐다.

"아빠! 얘네 다 이상하고 나 여기 싫어. 얼른 집에 가자. 응?"

고약한 냄새에 학을 뗀 것인지 이제는 냄새가 나지 않음에도 초롱이는 코를 막으며 코맹맹이 소리를 냈다.

이를 바라보는 마왕의 표정은 급격하게 굳어 갔다.

"아빠라니, 이 무슨 말도 안 되는⋯⋯."

재건에게서 나는 냄새는 분명한 인간의 것이었다.

그런데 릴리스의 자식으로 추정되는 아이가 그를 아빠라고 부르다니.

"대체 이게 무슨⋯⋯."

도무지 말 같지 않은 상황의 연속에 지진이 난 것처럼 요동치는 눈동자로 재건을 훑어보는 마왕.

떨리는 시선이 천천히 아래로 흐르고, 이내 한 지점에 멈춰섰다.

"⋯⋯!"

재건의 수중에 들린 검은 검.

그것에서 느껴지는 기운은 실로 방대했다.

게다가 어딘가에서 느껴 본 듯한 익숙함마저 감돈다.

그로부터 얼마 지나지 않았을 때, 마왕은 그 기운이 무엇인지를 깨닫고 믿을 수 없다는 표정을 지었다.

"저건…… 지난 대전쟁 때 레드 드래곤의? 그런 자가 죽기라도 했다는 말인가?"

그 순간 릴리스의 신형에서 마나가 폭발적으로 터져 나왔다.

콰드드득

지면에 균열이 일어나고, 8군단성이 와르르 무너질 정도의 실로 어마어마한 기운이었다.

주위에서 긴장된 표정으로 서 있던 공략대조차 간신히 정신을 붙잡는 수준이었다.

불현듯 터져 나온 기운에 마왕이 그녀에게 시선을 돌렸을 때, 릴리스의 눈은 모든 것을 짓누를 듯한 녹광이 일렁거리고 있었다.

"한때 상계 최강의 자리에 오를 수 있었던 트라페울은 내 손에 의해 죽었다. 왜? 다 네놈들 마족의 꼬드김에 넘어간 탓에 인간계를 말살하겠다며 광룡이 되어 미쳐 날뛴 탓이지. 그런데 마족의 왕인 네놈이 그것을 모른 척해?!"

마왕이 얼굴을 구기며 반문을 쏟아 냈다.

"마족이 그 레드 드래곤을 꼬드겼단 말입니까? 그럴 리 없습니다!"

"아니, 사실이다."

반론의 여지가 없다는 듯 단호한 표정의 릴리스.

마왕으로서는 어처구니가 없었다.

"그게 가당키나 한 일입니까?"

드래곤은 동족을 제외한 모든 종족을 발아래 두는 존재다.

인간은 물론이고, 어떤 면에서도 그들보다 한참이나 우위에 있는 마족도 매한가지였다.

아니, 어쩌면 인간보다 더한 취급을 받는 게 마족이었다.

그나마 그들은 지켜 줄 대상으로 인지될 때라도 있지.

용족에게 있어 마족은 악취를 풍기는 쓰레기 그 이상 그 이하도 아니었다.

단순히 아래로 보는 게 아니라, 혐오의 대상이었던 것.

그것은 대전쟁 당시 마주했던 레드 드래곤이라 해서 크게 다를 바 없었다.

눈앞의 릴리스보다 더하면 더했지 덜하지는 않았다.

'그 표정은 지금도 잊을 수 없지.'

다른 드래곤들과는 확실히 달랐다.

항상 본신의 형태를 유지하는 게 아닌, 간간이 폴리모프 형태로 싸우며 마족을 죽이는 행위 자체를 즐겼던 자.

압도적인 힘으로 마족을 지워 버렸던 릴리스와는 다른 이유로 공포를 불러일으키던 존재였다.

그런 이가 마족의 꼬드김에 넘어갔다고?

차라리 전대 마왕이 죽어서 드래곤으로 환생했다고 하는 말이 더 믿을 법했다.

한데 문제는.

'저토록 분개하다니…….'

무슨 근거인지는 몰라도 릴리스는 그것을 기정사실로 받아들이고 있다는 것이었다.

대체 저렇게 생각하는 연유는 무엇일까?

강한 궁금증이 일었지만, 일단은 그녀를 진정시키는 것이 우선이었다.

이대로 놔뒀다가는 이제는 기억의 편린으로 자리 잡은 그것이 또다시 현실에 재생될 것만 같았기 때문이다.

"뭔가 오해가 있는 것 같습니다. 일단 진정하시고……."

"진정?"

릴리스가 눈꼬리를 추켜올리며 말허리를 끊고 나섰다.

해명할 기회를 잡으려 했던 말이 오히려 불 위에 기름을 쏟아부은 꼴이 되어 버린 것.

페토그라의 말은 가당치도 않은 변명을 늘어놓는 것과 진배없었고.

이미 격분 상태에 접어든 릴리스는 좀처럼 진정할 기미를 보이지 않은 채 분노 섞인 일갈을 내뱉었다.

"다른 드래곤들이 하계를 소멸시켜 버린다고 날뛰던 것을 막은 것이 바로 나다. 그런 내게 진정을 요하는 게 말이 된다고 생각하는가?"

부릅뜬 두 눈 사이에서 흘러나오는 녹광의 기세가 더욱 강렬해졌다.

마왕이 절로 몸을 움츠리게 만들 정도.

필사적으로 내색하지 않으려 해도 가슴속 깊이 묻어 두었던 그녀에 대한 공포가 또다시 고개를 내밀려 했기 때문이다.

등줄기는 식은땀에 축축해지고, 손아귀 또한 젖어 간다.

그럴수록 마왕은 주먹을 불끈 쥐며 스스로를 독려했다.

'나는 마계의 지배자. 똑같은 추태를 보일 순 없다!'

적극적으로 해명하지 않는다면 눈에 쌍심지를 켜고 있는 고룡에 의해 또 한 번 마계가 초토화될 것이다.

고통스러웠던 경험을 다시 반복해서는 안 됐다.

무엇보다 이번 일은 결단코 자신들로 인해 벌어진 일이 아니었다.

"저는 진정을 요구할 자격이 있습니다. 당신께서 생각하고 계시는 건 분명한 오해에서 비롯된 일이니까요."

"오해라…… 네 말은, 트라페울이 날뛴 것이 마계와 관련이 없다는 것인가?"

"대답하기 전에 제가 먼저 묻겠습니다. 당신께서는 마족이 용족을 꼬드길 수 있다고 생각하시는 겁니까?"

"그럴 수는 없다. 마기라는 저급한 에너지를 사용하는 네놈들 따위가 우리의 정신을 파고들 수는 없을 테니까."

"그 말씀대로라면……."

"하지만!"

단호하게 말을 자른 릴리스는 이를 빠득 갈며 말을 이었다.

"오랜 설득에도 불구하고 끝끝내 미쳐 날뛰는 트라페울을 내 손으로 죽였을 때, 나는 그의 심장에서 이것을 발견했다."

릴리스는 손을 펼쳐 무언가를 소환했는데.

손바닥 위로 생성된 것은 검붉은 빛을 띠는 작은 조각이었다.

"하계의 왕이여, 이게 무엇인지 모른다고 하진 않겠지?"

"……!"

휘둥그레 뜬 페토그라의 두 눈이 거칠게 떨렸다.

그녀의 손에 올려진 것은 다름 아닌 고도로 응축된 마기의 결정체.

선대 마왕이 영면에 들기 전, 후대를 위해 자신의 힘을 전이할 때 사용하는 그릇이었다.

도대체 무슨 일이 벌어진 것인지 알 수 없는 가운데, 릴리스에게서 날카로운 음성이 날아들었다.

"바로 이것이! 트라페울의 심장에 박혀 놈의 정신을 갉아먹고 있었다. 그럼에도 난 너희에게 죄를 묻지 않았다! 왜?! 이것을 삼키고 힘을 추구한 놈에게도 분명한 잘못이 있을 테니까! 그런데 너희는 그것을 없었던 일인 것마냥 지우려 하는구나!"

더 이상 어떠한 변명도 꺼낼 수 없을 만큼 강력한 발언이었다.

저 결정체가 심장에서 발견되었다는 것은 그의 광기에 영향을 미쳤다는 뜻이었으니까.

하지만, 이 순간 페토그라의 귓가엔 그 어떤 소리도 들리지 않았다.

눈앞의 결정체를 마주한 것만으로도 충격을 금할 수 없었던 것이다.

'어째서 아버지의 기운이 저것에서 느껴진단 말인가…….'

오만 감정이 휘몰아쳤다.

지금 이것을 어떻게 받아들여야 할지, 어떤 표정을 지어야 할지.

분노해야 할지, 슬퍼해야 할지.

어느 것도 알 수 없었다.

선대 마왕이었던 아버지는 어느 날 일언반구도 남기지 않고 온데간데없이 사라져 버렸다.

한데 흔적조차 찾아볼 수 없었던 그의 유산이 지금 눈앞에 모습을 드러냈다.

그것도 상계의 지고한 위치에 있는 고룡에 의해 말이다.

마왕은 멍한 눈으로 릴리스를 바라보며 힘겹게 입술을 뗐다.

"어떻게 생각하실지는 모르겠습니다만, 그것이 무슨 연유로 레드 드래곤의 몸속에 들어갔는지는 알지 못합니다."

"이 불온한 기운을 사용하는 종족은 네놈들 말고 없다. 그런데 하계의 왕인 네놈이 모른다?"

"항시 저희를 깔보시는 줄만 알았는데, 상계의 왕께서는 생각 이상으로 과대평가하고 계셨군요."

릴리스는 불쾌감을 여실히 드러내며 말했다.

"무슨 말이지?"

"마족 중에 그 정도 수준의 결정체를 만들어 낼 수 있는 존재는 저를 제외하고 없습니다."

"그럼 네가 이 사건을 벌인 거라 자백하는 것이냐?"

"그럴 리가요. 마족에게도 혈연은 애틋한 법입니다. 제 아버지를 제 손으로 죽였을 리는 없잖습니까?"

릴리스로서도 생각지도 못한 말이었는지 분노로 가득 차 타오르던 녹광이 순간적으로 사그라들었다.

"그럼 이것이 하계의 전대 왕의 것이란 말이냐?"

"그렇습니다. 덕분에 저는 순수 훈련으로 일궈 낸 힘만으로 마왕의 자리를 지켜야 했죠."

지금이야 메르세데스조차 넘보지 못할 힘을 얻게 되었지만.

즉위 초기 때만 해도 쉴 새 없이 죽을 위기를 넘나들었던 그였다.

그것은 선대의 힘을 이어받지 못해 권위가 공고하지 못했기 때문.

만일 뼈를 깎는 노력이 수반되지 않았더라면, 지금의 권세를 유지하지 못했을 터였다.

현재 릴리스의 손에 올려진 결정체의 힘을 미루어 볼 때.

만약 저것을 흡수할 수만 있었다면, 지금의 배에 달하는 힘을 거머쥘 수 있었을 것이다.

아무런 노력도 안 하고 말이다.

감정을 주체할 수 없는 이유도 그 때문이었다.

저것이 있었다면, 수백 년 전 벌어졌던 대전쟁에서 처절한 수모를 겪지 않아도 됐을 것이다.

어쩌면 전쟁의 결말이 달라졌을지도 모를 일.

"후우……."

마왕 페토그라는 한숨을 내쉬며 정신을 다잡았다.

아니었다. 이 또한 과신이었다.

눈앞의 고룡은 지금의 자신으로서도 어찌할 수 없는 존재.

아무리 그런 힘을 가졌다 해도 그녀 하나 뛰어넘지 못하는 이상 절대 불가능한 결말이었다.

이내 차분해진 눈빛을 한 페토그라가 지그시 릴리스를 응시했다.

그녀 또한 생각에 잠긴 듯 쉽게 말을 잇지 못하고 있었고.

이에 페토그라가 먼저 제 의견을 꺼내 들었다.

"만에 하나 제가 그런 것을 마음대로 만들어 낼 수 있고, 그것을 상계의 존재들에게 마음껏 먹일 수 있었다면 저희가 대전쟁에서 패배했을까요?"

"……."

"그리고 그 하나를 만드는 데 소요되는 시간을 고려해도 불가능한 일입니다."

마기의 결정체 하나를 만드는 것은 그만큼 지난한 일이었다.

마기를 뽑아내고 소실을 최소화하며 응축하는 데 그만큼 오랜 시간을 공들여야 했기 때문.

그 어떤 방해도 받지 않고 마기를 응축시키는 일에만 전념해도 몇백 년이 걸리는 일이었다.

선대가 자리를 물려주기로 작정한 때나 시도했던 것도 그 때문이었다.

"아무런 도움도 없이 즉위해 제 한 몸 보전하기도 어려운 판국이었습니다. 그런 가운데 결정체를 정련한다는 게 가당 키나 하겠습니까?"

"그럼 누가 이걸 트라페울에게 건넸단 말이냐?"

"그건 제가 더 알고 싶은 문제입니다."

대전쟁이 발발하기 훨씬 이전에 사라졌던 선대의 결정체.

그것이 어찌하여 레드 드래곤에게 흘러들어 갔는지는 마 왕으로서도 밝혀내고 싶었다.

그러던 그때 재건이 릴리스를 향해 손을 내밀었다.

"그거 이리 줘 봐."

그러자 릴리스가 눈을 부라리며 그를 쳐다봤다.

"설마 너도 이 힘이 탐나는 것이냐?"

"뭐라는 거야. 그런 건 관심 없고, 확인할 게 있으니까 줘 보라고."

릴리스는 망설이면서도 그 대상이 재건이었기에 순순히 그것을 건넸다.

이내 마기의 결정체를 받아 든 재건은 지난번에 처박아 뒀 던 완드를 아공간에서 꺼내 들었고.

조용히 눈을 감고 완드에 마나를 불어넣었다.

그러자 그 위로 맹수의 눈이 나타났고.

그것은 재건의 의지를 따라 손에 올려져 있던 마기의 결정 체를 뚫어져라 쳐다봤다.

실핏줄에 불과했지만 크기가 크기인 만큼 눈의 실핏줄이 솟아오르는 광경은 보는 이로 하여금 소름이 돋게 만들었다.

무엇을 하는지는 알 수 없으나 모두는 숨죽여 그것을 바라봤다.

그렇기를 수분.

[‘파르마의 심안’이 모든 것을 꿰뚫어 봅니다.]
[사물에 얽힌 이야기가 낱낱이 드러납니다.]

시스템 알림이 들려오는 것과 동시에 재건의 뇌리에는 뭐라 말할 수 없을 정도의 많은 장면들이 스쳐 지나갔다.

이윽고 모든 장면의 회상이 끝났을 때, 재건은 해일처럼 밀려드는 두통에 머리를 움켜쥐었다.

“크읍.”

휘청거리는 그를 부축한 것은 초롱이와 릴리스였다.

“아빠, 괜찮아?”

“괜찮은 것이냐?”

재건은 여전한 두통에 깊은 인상을 쓰면서도 자신의 손에 올려진 마기의 결정체를 쳐다봤다.

“도대체…….”

너무도 많은 장면이 지나갔지만 그것을 축약하자면 그의 머릿속에 그려진 것은 두 사내의 이야기였다.

화염과 같은 붉은 장발이 인상적인 사내가 있었다.

이후 광룡이라 불리며 릴리스의 손에 죽음을 맞이하는 트라페올이었다.

어느 날 그에게 한 사람이 찾아와 무언가를 건네는데.

그것은 바로 수중에 들린 마기의 결정체였다.

트라페올은 대번에 그것을 삼켰고, 그때를 기점으로 미쳐 날뛰기 시작했다.

여기서 중요한 것은 결정체를 넘긴 의문의 남자.

그는 초면이 아니었다.

'또 백발의 남자네.'

일전 파르마의 심안으로 봤던 여왕개미.

사건의 중심엔 언제나라 해도 좋을 만큼 그가 있었다.

대체 무슨 꿍꿍이인 것일까?

시련 말미에 던져졌던 내용과 관련이 있는 것일까?

수많은 의문이 꼬리에 꼬리를 물고 이어졌지만, 쉽게 해결될 문제가 아니었고.

일단은 오해로 범벅된 사건부터 마무리하는 게 우선이었다.

"이건 저 마왕이 건넨 게……."

그러던 그때.

귓가를 울리는 음성.

그와 동시에 눈앞을 가득 메우는 홀로그램들.

재건은 급격하게 인상을 구기며 욕지거리를 내뱉었다.

"이런 씨발……."

늦으면 늦을수록 좋은 것.

아니, 평생 찾아오지 않았으면 하는 것이 재건의 앞에 떠오른 것이었다.

['보이지 않는 시간의 흐름' 8단계 가속화 진행도 완료. 진행도 8/10]

['보이지 않는 시간의 흐름' 9단계 가속화 진행도 완료. 진행도 9/10]

[시련을 통해 억지로 잠재웠던 가속화에 따라 페널티가 주어집니다.]

[균열이 발생하게 됩니다.]

[5층 탑이 생성됩니다.]

재건의 고성에 섞인 화를 읽은 릴리스는 감정을 억누르며 걱정하듯 물었다.

"왜 그러는 것이냐? 몸 상태가 그렇게 좋지 않은 것이냐?"

재건은 여전히 머리가 깨질 듯한 두통을 안고 있으면서도 다급하게 말했다.

"어. 여기서 이러고 있을 게 아니라 당장 돌아가야겠어. 그리고 날 좀 도와줘."

◇ ◆ ◇

대한민국은 대재앙이라도 맞은 것처럼 떠들썩해졌다.

그 이유인즉, 서울 강남구의 도로 한복판, 울산 간절곶 근처 그리고 목포의 산중턱에 나타난 것 때문.

하나만 생겨도 버거울 5층 탑이 세 곳에서 동시에 생성된 까닭이었다.

협회는 최선을 다해 막을 것을 공표했지만, 시민들의 불안감은 일파만파 걷잡을 수 없이 커졌고.

어떻게든 먼저 지하 벙커로 대피하려는 사람들로 인해 거리는 아비규환이 되었다.

그 시각, 협회장실 창밖에 우뚝 솟은 탑을 바라보며 임태원은 사색에 잠겼다.

'참으로 난처한 일이로군.'

5층 탑 세 개가 동시에 생성된 것도 전례에 없는 일이다.

일단 명문가 및 대형 길드들에 지시해 인력을 파견했으나, 피해 없이 탑의 수정을 깨뜨릴 수 있을지는 미지수였다.

일전 S급 헌터인 고춘성 국장만 해도 죽다 살아난 전적이 있었으니까 말이다.

아마도 수많은 헌터들이 스러져 갈 것이었다.

그럼에도 이렇게 두 손 놓고 앉아 있을 수밖에 없는 이유는.

'정말 세상이 멸망이라도 하려는 겐가……'

마치 종말이 도래한 것인지 한국뿐만 아니라 전 세계에 동시다발적으로 탑이 생겨나며 혼란이 찾아왔기 때문.

그 탓에 다른 나라에 지원을 요청하는 건 꿈도 꿀 수 없었다.

믿고 의지할 무적 공략대도 한순간 자취를 감춰 버렸으니 타들어 가는 심정 탓에 허허로운 한숨만 내쉴 뿐이었다.

그때였다.

일순 마나가 요동치며 근처 공간이 일렁거렸다.

협회장 임태원은 황급히 컨택트를 꺼내 들며 만일의 사태에 대비했다.

그러나 이내 공간에서 나오는 사람을 확인하곤 금세 긴장을 풀며 미간을 찌푸렸다.

"이 사람아. 이 난리 통에 어디에 있었다가 이제야 나타난 겐가?"

말은 그렇게 하면서도 은은한 미소를 머금는 그였다.

그도 그럴 게, 눈앞에 있는 이는 그토록 애타게 찾던 세계 최강의 헌터 재건이었으니까.

그만 있다면 탑 하나를 통째로 맡길 수 있을 테고, 그렇게만 된다면 기존 투입되었던 헌터들을 다른 두 곳으로 나눠서 힘을 충당할 수 있을 터였다.

그리고 재건이 이곳에 있다는 건.

그와 나섰던 무적 공략대의 일원 또한 돌아왔다는 뜻이니, 한국은 더 이상 5층 탑에 대한 걱정을 하지 않아도 된다는 말이나 다름없었다.

그런 임태원과 달리, 재건은 창밖의 탑을 바라보며 씁쓸한 표정을 지었다.

그 이유는 금세 밝혀졌다.

"저는 탑에 들어갈 수 없습니다."

"……그게 무슨 말인가? 들어갈 수 없다니?"

전혀 바라지 않았던 한마디에 임태원의 얼굴이 당혹감에 물들었다.

"혹 지난번과 같은 경우인가?"

처음으로 5층 탑이 생성됐을 당시, 1시간 동안 출입이 금지됐었다는 말을 전해 들었었다.

이번 역시 동일한 것이라면, 이 또한 낭패가 아닐 수 없었다.

재건이란 최강의 수를 사용해 보지도 못하는 위기였으니 말이다.

그러나 재건은 가만히 고개를 가로저었다.

별도의 페널티가 없음에도 탑에 들어갈 수 없는 이유.

"이전 홍한수 가주를 죽음으로 몰았던 균열. 그것이 또 발생할 겁니다. 저는 그것을 막겠습니다."

"……."

재건의 말에 협회장 임태원의 표정이 굳었다.

균열이라는 게 정확히 무엇인지는 알 수 없다.

반면 월의 가주였던 홍한수 헌터를 죽음으로 몰았던 사건이라면 아직도 선명하게 기억하고 있었다.

인천을 비롯해 세계 각지에 발생했던 기이 현상.

게이트의 붕괴와 같은 전조 현상도 없이 하늘이 찢어지며 몬스터가 범람했던 재앙.

금액으로 환산하기 어려울 만큼 극심한 물적 피해는 물론 수만에 달하는 인명 피해까지 발생시킨 그 사건을 어찌 잊겠는가.

지난 사태에 입은 피해를 복구하기 위해 인력을 대거 투입했음에도 지금까지 기존의 10분의 1도 복구되지 않을 정도였으니.

'고작해야 한 달도 채 되지 않았건만…….'

친구, 가족, 동료 등 수많은 인연들이 시체도 찾을 수 없을 만큼 끔찍하게 죽어 나갔다.

한 달은 그때의 슬픔을 회복하기에는 너무도 짧은 시간이었다.

"후…….."

임태원은 미간을 짚으며 긴 한숨을 내쉬었다.

세 개의 5층 탑 생성과 함께 찾아온 혼란.

전 국민을 전부 수용할 수 있을 만큼의 지하 벙커가 존재함에도 사람들은 어떻게든 먼저 들어가기 위해 혈안이 되었다.

그러면서도 대체 무적 공략대는 뭐 하고 있는 것이며 왜 당장 나서서 해결하지 않느냐는 등 비난하기 바빴다.

재건을 비롯한 몇몇이 한때 이름 모를 영웅이라 불렸고, 많은 사람들을 구했다는 것은 중요치 않았다.

공략대원인 홍유나와 홍이슬이 얼마 전 사고로 부친을 잃었다는 것 또한 안중에 두지 않았다.

저들에게 있어 중요한 것은 자신들의 안위뿐.

인천 사태에서부터 불만과 불신을 품었던 그들은 또다시 들끓어 올랐고.

때문에 지금은 말 그대로 혼세 그 자체였다.

그런 상황에서 일전과 똑같은 상황이 또다시 일어난다?

'생각하는 것만으로도 골머리가 아파 오는군.'

솔직한 심정으론 쉬이 믿기 어려웠다.

한 번 겪은 것만으로도 충격적이고 놀라운 일이며, 세계 역사를 뒤져 봐도 처음 있었던 일이다.

그것이 이렇게 짧은 기간 만에 다시 벌어진다면 그 누가 믿을까.

하지만 그 발언을 내뱉은 이를 고려한다면, 쉬이 부정할 수 없는 것만도 사실이었다.

담담한 표정과 떨림 하나 보이지 않는 눈빛.

평소의 그를 아는 사람이라면, 조금 전 발언에 거짓이 없음을 금세 눈치챌 것이었다.

그것은 임태원이라 해서 크게 다를 바 없었고.

짜증을 억누른 그가 진중한 표정으로 물음을 던졌다.

"그럼 그 균열이라는 것이 언제 어디에서 발생할지도 아는 것인가?"

말이 되지 않는 질문이었지만, 임태원의 표정에는 묘한 기대감이 서려 있었다.

사건사고를 몰고 다니는 감이 없잖아 있지만, 재건의 별칭은 다름 아닌 '미래를 보는 자'.

게이트가 언제 어디에 생성될지 딱딱 맞추는 기예를 부렸던 장본이었으니, 이번에도 가능하지 않을까 막연한 기대를 품었던 것이다.

하지만 기대와 달리 재건은 고개를 가로저으며 대답했다.

"모릅니다."

"……그런가? 낭패로군."

절망 속에서도 한 줄기 희망의 빛을 엿보았던 임태원의 표정은 급격하게 어두워졌다.

5층 탑만 해도 시급한 사안이었다.

명문가는 물론이고 대형 길드에 속한 헌터들을 세 곳의 탑에 나눠서 배정한 것도 그 때문.

탑의 수정을 깨부수는 데에도 얼마나 많은 시간이 걸릴지도 알 수 없고, 잔여 인원을 쉽게 놀릴 수도 없다.

혹 탑 공략에 실패할 만약의 상황까지 고려해야 됐으니까 말이다.

그래서 균열이 발생할 시각과 장소만 알아도 인력 편성에 엄청난 도움이 됐을 것이다.

위험을 감수하고 비상 인력을 돌려 막아 내는 것이겠지만, 헌터들이 전부 탑에 들어가 있을 때 균열이 발생해 피해가 걷잡을 수 없이 번지는 것보다는 나을 테니까.

한데 그런 이점이 사라졌다는 것은 이젠 절망밖에 남지 않았다는 말이나 다름없었다.

'대한민국이 통째로 흔들릴지도 모르겠군.'

임태원의 얼굴엔 깊은 근심이 여실히 드러났고.

이를 바라보는 재건은 그 마음을 십분 헤아릴 수 있었다.

당장 스무 명이 채 되지 않는 공략대를 리드하는 것도 힘들진대, 체계가 바뀌며 한 나라의 헌터들에게 지시 명령을 내려야 하는 협회장은 오죽하겠는가.

많은 이들을 통솔하는 높은 자리에 있기에 그가 느끼는 중압감은 실로 어마어마할 것이었다.

재건은 그의 근심을 덜어 주기 위해 입을 열었다.

"이전과 같은 사태는 결코 발생하지 않을 테니, 그 걱정은 조금 내려놓으셔도 될 겁니다. 지금까지와는 달리 힘을 제한하고 봐줄 생각이 눈곱만큼도 없으니까요."

"제한?"

협회장의 두 눈이 휘둥그레졌다.

그럼 이전에 보여 줬던 일들은 모두 전력을 다한 것이 아니었단 말인가?

'도대체 얼마나 강하기에……'

문득 기억이 하나 떠올랐다.

일전에 5층 탑이 생겼으나, 붕괴가 진행되는 1시간 남짓을 밖에서 대기해야만 했을 때.

전해 듣기로는 그때 당시 쌓여 있던 S급 몬스터는 100마리를 훌쩍 넘게 쌓여 있었다고 했었다.

'그것들을 단숨에 도륙했다는 것도 놀라운 일인데, 그마저도 전력이 아니었다니.'

남겨 둔 힘의 양이 어느 정도인지는 알 수 없다.

다만, 진심을 다해 싸우지 않았음에도 위와 같은 결과를 만들어 냈다는 것은 충분히 소름이 돋는다.

끝이 어디에 닿아 있을지 감이 잡히지 않는 사내.

그런 이가 악인이 되지 않고, 대한민국의 안위를 위해 싸워 준다는 것이 너무도 든든했다.

임태원은 재건의 어깨에 손을 올리며 말했다.

"자네의 손에 대한민국. 아니, 세계의 미래가 달렸네."

재건은 창밖 너머로 비치는 탑을 바라보며 사뭇 진지한 표정을 지었다.

그는 확실하게 벌어질 미래의 한 장면을 알고 있었다.

수많은 몬스터가 땅을 뒤덮고.

부와 명예가 아닌 철저하게 생존을 위해 사투를 벌이는 그림.

보이지 않는 시간의 흐름은 어느새 9단계에 달했고, 마지막 남은 10단계의 가속화가 완료됐을 때가 그날일 거라는 예감이 들었다.

"무슨 일이 있어도 그렇게 되지 않도록 막을 겁니다."

◇ ◆ ◇

5층 탑의 구조는 의외로 간단하다.

탑의 최하위 층인 1층에서 D급 몬스터를 시작으로, 상위 층에 올라설 때마다 한 등급씩 상승하며 5층에선 S급 몬스터가 등장한다.

반면 S급 게이트의 최대 난관이라 할 수 있는 SS급 몬스터는 존재하지 않는다.

이 때문에 탑은 게이트의 하위 범주가 아니냐는 말도 얼핏 언급된다.

하지만 그것은 탑에 대해서 제대로 알지 못하는 사람들이 내뱉는 헛소리일 뿐.

평소에 레이드가 어떻게 이루어지는지에 대해서 조금만 생각해 보면 탑이 얼마나 위험한 곳인지는 금방 알 수 있다.

레이드는 소수의 몬스터를 다수의 헌터가 상대하는 방식.

게다가 시간에도 여유가 있기에 쉬엄쉬엄 최상의 컨디션을 유지하며 진행되는 경우가 태반이다.

그와 달리 탑은 헌터들이 휴식할 타이밍을 주지 않는다.

"허억…… 허억……."

"끄아아아!!"

서울의 5층 탑 내부.

1층에 자리를 잡은 헌터들이 D급 몬스터를 상대하면서 거친 숨을 토했다.

콰앙! 퍼버버벙-!

많은 헌터가 동원된 만큼, 수십 가지 스킬이 난무하고 몬스터는 속수무책으로 쓰러져 나가지만.

쏟아지듯 리젠되는 몬스터를 쉴 틈도 없이 상대하면서 체력이 극한까지 치닫는 탓이었다.

이것이 탑의 무서운 점이었다.

일반 게이트는 몬스터의 수가 정해져 있다는 것에 쉬엄쉬엄 레이드할 수 있지만, 탑은 헌터들의 몸에 녹아 있는 방식을 고수할 수 없게 만든다.

그런 식으로 레이드하다가는 몬스터 쓰나미에 재앙을 맞게 되는 것이었다.

이런 문제점은 상층으로 향할수록 더욱 강하게 고조될 수밖에 없다.

하급 헌터로 분류되는 F~D급 헌터가 전체 헌터의 70% 이상을 차지하고, 중급 헌터로 분류되는 C~B급 헌터는 약 25%를 차지, 상급 헌터는 5%에 불과하다는 이유 때문.

이 말인즉, A급 몬스터, S급 몬스터가 출몰하는 4층 이상부터는 아래층에 비해 현저히 적은 수의 헌터가 부담을 나눠 짊어져야 한다는 것이었다.

그나마 서울의 탑이 나은 것은 금강과 협회 헌터들이 합을 맞추고 있다는 점이었다.

처리국장 고춘성을 비롯해 금강 길드 헌터들은 각종 버프에 힘입어 4층에 쌓인 몬스터를 빠르게 정리하고 있었다.

그중에서도 가장 고양된 것은 고춘성이었다.

"궁병 전체 쉬지 말고 계속 발사해라!!"

푸슈슈슈슉—!!

그가 만들어 낸 궁병들은 그 수만큼이나 중첩되어 쌓인 버프의 혜택을 가장 많이 받는 존재들이었다.

그들이 쏘아 낸 화살은 파공성을 그리고 눈에 보일 정도의 오러를 만들어 내며 빗발쳤다.

수십의 궁병들이 쏘아 내는 만큼 고춘성의 마나 또한 썰물처럼 빠져나갔다.

하지만 앞을 가득 메우고 있는 몬스터의 수는 큰 변화를 보이지 않았다.

"크윽."

탑이 생길 것을 미리 알고 대처했던 지난번과 아무것도 모르고 긴급 소집령에 의해 만들어진 차이가 여실히 드러난 것이었다.

이들이 4층에 도착했을 때는 이미 백이 훌쩍 넘어가는 몬스터가 쌓여 있었고.

헌터들의 수를 압도하는 몬스터들은 물량 공세로 압박해
왔다.

빗발친 화살이 떼거리로 쌓여 있던 A급 몬스터를 찢어 내
지만, 그 수가 쉬이 줄어들지 않았다.

보다 못한 금강의 일원들이 나서려 하자, 고춘성이 황진욱
을 향해 소리쳤다.

"황 가주! 5층을 정리하기 위해 될 수 있는 한 힘을 아끼기
로 하지 않았소! 길은 우리가 터 줄 터이니 우릴 믿고 조금만
기다리시오!"

하지만 그의 말에도 황진욱은 고개를 가로저었다.

"헌터들의 움직임이 눈에 띄게 둔해졌습니다. 처리국장님
이야말로 힘을 아끼시죠. 그리고 저희도 몸을 풀 시간은 필
요하지 않겠습니까."

몸을 풀 시간이 필요하다는 것은 핑계였다.

명문가의 일원들은 언제 투입돼도 최상의 힘을 발휘할 수
있을 정도의 컨디션을 항시 유지하고 있다.

그것은 명문가뿐만 아니라, 이름 있는 헌터들이라면 응당
갖춰야 할 기본 소양이었다.

고춘성 또한 그 사실을 알고 있었지만, 차마 입 밖으로 꺼내
지 못한 채 금강을 진두지휘하는 황진욱을 바라볼 뿐이었다.

'감정이 메마른 사람인 줄 알았건만, 지난 사태에 대한 충

격이 컸나 보군.'

눈앞에서 같은 가주가 죽는 것을 바라볼 수밖에 없었던 것에 대한 슬픔과 분노.

그 감정이 표정에서 가슴 먹먹하게 번져 나오고 있었다.

단순히 예상에 그치지 않았다.

황진욱을 비롯해 금강의 일원들이 보이는 움직임은 몬스터를 없애는 것보다 체력이 떨어지고 위험에 빠진 헌터들을 살리는 데에 집중되어 있었으니까.

물론 언제까지 4층에 얽매여 있을 수는 없는 노릇.

황대식이 길게 뽑아낸 붉은 강기는 몬스터를 도륙하기 시작했고, 황지영 또한 힘을 보태며 몬스터를 정리해 나갔다.

금강의 개입은 무수한 폭음을 일으키면서 빠른 속도로 승기를 잡았고, 20여 마리를 남겨 두고 나서야 황진욱은 일원들에게 명령을 내렸다.

"지금부터 우리는 5층으로 올라간다. 몇 마리가 쌓여 있을지는 모른다. 얼마만큼의 수가 쌓여 있건 당황하지 않기 위해 머릿속으로 최대한 많은 몬스터를 그려라."

이에 금강 일원들은 우렁찬 목소리로 대답했다.

"예!"

"알겠습니다!"

황진욱을 선두로 헌터들은 5층 입구를 향해 질주했다.

그리고 한 차례 주위를 훑어본 고춘성 또한 그 뒤를 따랐다.

209

4층의 남은 몬스터는 금강 길드의 길드원들과 협회에서 파견된 헌터들이 상대할 터.

그렇다면 자신이 목표할 일을 하나뿐이었다.

바로 탑을 이루는 근원인 자줏빛 수정을 파괴하는 것 말이다.

서울에 생성된 탑.

그곳의 최상층이라 할 수 있는 5층에 도달한 이들은 발을 내딛기 무섭게 인상을 찌푸릴 수밖에 없었다.

금강의 수장인 황진욱과 처리국장 고춘성 역시 크게 다를 바 없었다.

"허허, 어느 정도 예상은 했지만……."

"이것이 탑의 진정한 공포요."

두 사람의 침울한 시선이 지그시 정면을 응시했다.

그들의 앞을 가로막고 있는 것은 떼를 이루고 있는 각양각색의 S급 몬스터 무리들.

이곳까지 올라오면서 너무 많은 시간을 허비해 버린 까닭이었다.

대강 헤아려 봐도 족히 백여 마리를 넘어서는 수였다.

한 마리만 마주해도 웬만한 헌터들을 도륙할 수 있을 존재들이 백에 달하는 것이다.

그런 놈들이 한곳에 모여 거친 기세를 뿜어내고 있었으니,

아무리 마음을 다잡고 들어섰다 해도 긴장감이 치솟을 수밖에 없었다.

황진욱과 고춘성이 그럴진대, 다른 헌터들은 오죽할까.

그들은 저도 모르게 기척을 숨기며 마른침을 꿀꺽 삼켰다.

지금 이 순간 헌터들의 머릿속에 자리 잡은 생각은 동일했다.

'큰일이군.'

'삐끗하는 순간 여기가 내 마지막이 되겠어.'

끝이 확연히 보이는 절망.

5층에 오르기 전 머릿속으로 최대한 많은 몬스터를 그려 놓았다지만, 놈들을 직접 대면한다는 것은 궤가 달랐다.

당장이라도 살을 저미겠다는 듯한 살기.

죽음의 향기가 시시각각 다가오고 있었다.

무거운 중압감에 온몸은 굳어 가고, 식은땀이 등줄기를 스쳐 지나갈 그때.

황진욱이 컨택트에 마나를 불어넣으며 외쳤다.

"아시겠지만 S급 몬스터는 강합니다. 다들 너무 많은 몬스터를 한 번에 상대하려고 하지 마십시오. 제가 최대한 많은 놈들의 발을 묶어 놓을 테니."

그와 동시에 낡아 빠진 방패를 몬스터들이 무리지어 있는 방향으로 던졌다.

쉐에엑-!

공기를 찢으며 날아간 방패는 놈들의 위, 한 지점에서 우뚝

서더니 일순 마나를 발산했다.

구우우웅-

방패에서 퍼져 나간 빛이 붓을 만들어 내고 그것은 거대한 방패와 메두사의 얼굴을 그려 나간다.

이윽고 완성된 메두사가 눈을 뜨며 스킬의 완성을 알리고.

-아이기스(Aegis)!

자신들의 머리 위에 떠 있는 방패에 시선을 돌리고 있던 놈들이 한순간 굳어 버렸다.

신의 방패라 일컬어지는 아이기스와 메두사.

그것의 위용은 S급 몬스터들조차 압도해 경직 상태로 만들기에 부족함이 없었다.

뒤이어 황진욱이 낡은 검을 앞으로 내세웠고.

금강의 장로 및 헌터들이 쏜살같이 쇄도하며 개전의 신호탄을 알렸다.

콰앙-!

지면을 우그러뜨리고 놈들을 향해 쇄도한 황진욱은 그 중심에서 곧장 웅혼한 마나를 발산했다.

모든 것을 짓누를 듯한 마나가 일대를 뒤덮는다.

반경 100m에 반황(半皇) 황진욱의 영역이 선포된 것이었다.

직후 금강의 일원들은 몸속 깊은 곳부터 차오르는 고양감에 투지를 불태웠다.

반면 몬스터들에겐 극심한 능력 저하를 선사하게 된 상황.

원래부터 가장 강한 헌터이면서 가장 높은 상승효과를 본 황진욱은 검의 마나를 길게 뽑아내며 곧장 굳어 버린 놈들을 향해 쏘아 냈다.

퍼버버벙-!

일직선으로 뻗어진 검의 궤적과는 달리 검룡(劍龍)은 하나의 방향성을 지니지 않고 자유자재로 움직였다.

마치 실제로 살아 있는 생명체와 흡사하게.

그것은 집요하게 몬스터들의 다리를 노렸고 검룡이 훑고 지나간 곳엔 뜯겨져 나간 살점과 자세가 무너져 아수라장이 된 몬스터들로 한가득했다.

그곳으로 난입하는 두 명의 헌터들.

높은 곳으로 도약한 거구의 사내는 한껏 뒤로 젖힌 언월도를 앞으로 내질렀다.

"다 죽어라!!"

언월도를 두르고 있던 붉은 강기는 휘둘러지는 궤적을 따라 수십 조각으로 나누어지며 쏟아졌다.

-유성폭격!

뒤이어 중년의 여성이 반월도를 휘두르며 몬스터의 수를 빠른 속도로 줄여 나갔다.

다름 아닌 금강의 장로 황대식과 황지영이었다.

어찌 보면 그들의 행동은 무리라 생각해도 좋았다.

아무리 아이기스에 짓눌리고, 다리를 못 쓰게 됐다고 해도

S급 무리의 중심에 있다간 언제든 화를 입게 될지도 모를 일이었으니까.

게다가 지금같이 한 번에 힘을 쏟아붓다 보면 금세 마나 고갈에 빠질지도 몰랐다.

때문에 다른 헌터들처럼 밖에서 천천히 한 마리씩 착실히 처리해 가는 게 보다 효율적인 방안이었다.

하지만 현 상황에선 이것이 최선책이라는 것은 부정할 수 없는 사실이었다.

몬스터의 수는 너무도 많았고, 아이기스의 경직이 유지되는 시간 동안 최대한 많이 놈들의 수를 줄여야만 했으니까.

그렇게 황대식과 황지영을 비롯해 금강의 헌터들이 활약상을 이어 나가고 있을 그때.

고춘성은 한쪽 구석에 자리해 그들의 분전을 지켜보고 있었다.

4층에서 많은 마나를 소모한 탓에 잠시 휴지를 둘 필요가 있었던 것.

그러나 아직 몸이 채 회복되지 않았음에도 그는 움직이기 시작했다.

전황을 읽고 전력을 다해야 할 때라는 것을 인지한 것이었다.

"후우……."

잠시 호흡을 고르고 손바닥으로 자신의 안면을 쓸어내렸다.

그러자 그의 얼굴은 네 개의 눈이 달린 탈로 뒤덮인다.

외형에 걸쳐지는 것은 붉은 옷과 검은 치마.

양손에는 기형적인 모양의 창과 방패가 들려 있었다.

일전 5층 탑 당시 손에 꼽을 무위를 선보였던 방상시(方相氏).

그것이 또다시 모습을 드러낸 순간이었다.

고춘성이 잠시 머뭇거렸던 것도 바로 이 때문이었다.

지난 경험에서 방상시를 사용하며 어마어마한 고통을 겪었으니까 말이다.

하지만 이미 탈은 씌워진 바.

그는 망설임 없이 창으로 땅을 찍어 균열을 만들어 냈다.

-방상시 : 악귀해방(惡鬼解放)!

그곳에서 쏟아져 나온 악귀들이 치명적인 비명을 지르고 웃음소리를 흘린다.

"끼에에에!!"

"끼하하하하!!"

고춘성은 하늘을 유영하는 그것들을 넌지시 바라봤다.

'몇 번을 봐도 적응이 되지 않는 건 매한가지로군.'

하지만 지금은 저런 것이나 보고 있을 때가 아니었다.

그는 황금사목(黃金四目)에 마나를 불어넣으며 눈을 빛내고는 스산한 목소리로 고함을 내질렀다.

"시리도록 차가운 한을 가진 영혼들이여. 그 원한의 대상이 저곳에 있다. 나 방상시가 말하노니, 분노하고 또 분노하라!"

그와 동시에 악귀들의 눈이 붉게 물들며 몬스터들을 향해 쏘아졌다.

수백의 검붉은 영체들은 경직되어 있는 몬스터들을 물어뜯고 할퀴었다.

지난번과는 다른 점이 있다면.

악귀들을 조종하는 황금사목이 더욱 붉게 타오르고 있다는 것과 악귀들의 힘이 S급 몬스터에게 많은 피해를 주고 있다는 것이었다.

이는 기존과 전투 양상에 차이점이 있었기 때문이었다.

치열한 전투를 벌인 직후에 방상시 탈을 썼던 지난번과 달리 지금은 많은 힘을 비축한 상태로 사용했다는 것이고.

또 다른 한 가지 차이는.

'이것이 반황의 힘인가. 직접 겪어 보니 더욱 대단하군.'

황진욱의 영역에서 상승된 스탯이 방상시 탈에 지대한 영향을 끼치고 있다는 것이었다.

한 사람의 힘이 탑에서의 승패를 좌지우지한다는 것에 자연스레 다른 인물이 떠올랐다.

'이재건, 이 사람아. 도대체 어디서 무얼 하고 있는 겐가.'

그가 있었다면, 이런 위기는 순식간에 자취를 감췄을 텐데.

더없이 그의 빈자리가 아쉬워지는 순간이었다.

그렇게 고춘성의 가세로 헌터들이 우세한 형국으로 기울어 가던 그때.

"크아아아!!"

"크르르르!!"

몬스터들이 경직을 풀어내며 거친 포효를 내질렀다.

고등급 몬스터답게 빠르게 메두사에 적응해 버린 것이었다.

다행스러운 것은 아직 아이기스에는 아무런 피해가 없다는 것.

황진욱은 방패를 앞으로 날리며 소리쳤다.

"다들 일보 후퇴하시오!"

장로를 비롯한 헌터들은 아이기스의 비호를 받으며 황급히 뒤로 물러났고.

이내 아이기스를 중심으로 양 진형 간의 대치가 이뤄졌다.

전력을 다한 결과 몬스터의 수는 크게 줄어 있었지만, 처음 백여 마리가 쌓여 있었던 탓에 아직도 오십에 가까운 놈들이 살아 있었다.

콰과광-! 투쾅-!!

격노한 수십의 몬스터들이 몸을 들이박고 주먹을 내지른다.

엄청난 방어력을 자랑하는 아이기스가 아니었다면 방어벽은 진작 허물어지고, 몬스터의 화마가 그들을 덮쳤을 것이었다.

하지만 그렇다고 안심할 상황도 아니었다.

수백의 악귀들이 집요하게 물고 늘어지며 우왕좌왕하고 있는 덕에 버텨 내고 있을 뿐.

마나로 만들어진 방어벽에 슬슬 금이 가며 위태로워 보였다.

아마도 길게 잡아야 5분이 한계.

"크으……."

혼자만의 힘으로 놈들의 힘을 감당해 내고 있었으니, 황진욱의 힘이 빠지는 순간 그 상황은 더 빠르게 다가올 것이었다.

곁에 다가선 황대식이 걱정하듯 물었다.

"가주, 아이기스를 없애고 전면전을 벌이는 게 어떻습니까?"

잠시 뒤를 돌아본 황진욱은 이를 악물며 대답했다.

"그럴 수는 없습니다."

"가주……."

황대식이 바라보는 황진욱의 눈빛에는 다른 헌터들을 염려하는 심정이 담겨 있었다.

홍한수의 죽음이 그에게 변화를 가져온 것이었다.

좋게 말하면 다른 이들의 목숨을 가볍게 여기지 않고, 무슨 일이 있어도 지켜 내야 한다는 마음이 자리 잡은 것이었고.

나쁘게 말하면 너무도 소극적으로 변해 버린 것이었다.

아이기스를 해제하는 순간, 수십의 S급 몬스터와 뒤섞인 난전 속에서 인명 피해는 필연적으로 벌어질 테니까.

그 마음을 알아챈 황대식은 말문을 닫았다.

지금은 어떤 말보다 힘을 회복하는 데 집중해야만 했다.

저 방어벽이 깨지는 순간, 한 놈이라도 더 데려가야 했으니까 말이다.

그렇게 누군가는 마음을 다잡고, 누군가는 다가올 암울한 미래를 그리며 몸을 떨 무렵.

가장 후미에서 악귀들을 조종하고 있던 고춘성을 시작으로 헌터들의 시선이 일순 뒤쪽으로 향했다.

세 사람이 그들을 향해 다가서고 있었다.

거리가 가까워지자, 고춘성은 못 볼 사람을 본 것처럼 놀란 듯한 반응을 내비쳤다.

"자네?!"

다소 당황한 듯 말하는 그에게 다가와 고개를 숙이며 인사를 건네는 한 사내.

"오랜만에 뵙는 게, 또 탑 내부라서 안타깝습니다. 국장님."

"허허. 그것도 그렇군그래."

고춘성이 한껏 반가운 기색을 보이는 이유.

그것은 곁으로 다가와 인사를 건넨 초면이 아닌 것도 있었지만, 이 순간 바라 마지않았던 인물이었기 때문이다.

한때는 휘하에서 일했으나 이제는 무적 공략대에 속한 박현제.

그리고 그의 뒤에 자리한 이는 홍이슬과 김선호였다.

"인사는 나중에 하시죠."

홍이슬은 곧장 방어벽에 무리가 가는 모습을 보고 지팡이를 꺼내 들어 마나를 움직였다.

지팡이라는 매개체를 통해 쏟아진 무색의 마나는 아이기스에 닿았고.

-성질 초월.

그것은 흔들리던 아이기스를 처음보다도 더욱 굳건하게 만들었다.

갑작스런 변화에 황진욱의 고개는 반사적으로 뒤로 돌아갔다.

그리고 마나의 흔적을 따라 시선을 옮긴 결과, 이것을 만들어 낸 것이 홍이슬이라는 것을 알 수 있었다.

곧 무너질 줄 알았던 아이기스가 어떤 힘으로 강화됐는지는 중요하지 않았다.

그녀와 눈이 마주친 황진욱은 저도 모르게 시선을 돌렸다.

죄인과도 같은 마음.

아직은 그녀를 이렇게 가까이에서 마주할 자신이 없었던 것이었다.

홍이슬 또한 그 모습에 씁쓸한 표정을 지었다.

그사이에 박현제는 아공간을 열며 무언가를 주르륵 뽑아냈다.

실타래처럼 얽혀 나오는 무수히 많은 무기들.

그는 수북이 쌓인 그것들을 가리키며 말했다.

"이것들 좀 준비하느라 늦었습니다."

"음……."

고춘성은 무엇을 하려는지 짐작했다.

지난 탑에서도 수많은 무기들을 한 번에 폭발시키며 몬스터를 터뜨렸으니까.

박현제는 홍이슬을 바라보며 말했다.

"통쾌하게 한번 가시죠."

"이걸 다 하려는 거예요? 너무 무리 아닐까요?"

그에 박현제가 어깨를 으쓱거리며 몬스터를 가리켰다.

"무리해야죠."

"아……."

무리를 해서라도 막을 수만 있다면 다행일 정도의 수.

박현제와 홍이슬은 서로를 마주 보며 고개를 끄덕였다.

그리고 박현제는 그것 중 하나를 집어 들고 공중으로 흩뿌렸고.

하나를 따라 촤르륵 딸려 올라간 무기들이 공중에 수놓아졌다.

그리고.

-복제 개량형 : 무한 증식!

수많은 무기들이 엄청난 속도로 증식을 이루었고.

홍이슬의 지팡이가 움직였다.

그녀의 마나는 무기들이 빛을 발하게 만들었고, 염동력이 더해지며 한자리에 모았다.

하나의 거대한 빛이 된 그것은 꿈틀거리기를 몇 번 반복했다.

이윽고 서서히 빛이 사라졌을 때 허공에 떠 있는 것은 단 하나의 거대한 기둥이었다.

고춘성은 놀란 눈으로 그것을 바라보며 물었다.

"저게 무엇인가?"

놀란 반응은 박현제 또한 마찬가지였다.

"그러게요. 저게 뭐예요 이슬 씨?"

"하하…… 그게, 제가 그쪽으로는 문외한이라 잘 형성이 안 됐나 봐요."

두 사람이 콜라보를 이뤄 만들려고 했던 것은 다름 아닌 미사일이었다.

한데 그 형체를 직접 만들어야 하는 홍이슬이 미사일을 잘 모르다 보니 괴상한 모형으로 변해 버린 것이었다.

홍이슬이 멋쩍은 웃음을 짓자 박현제가 미소를 지어 보였다.

"괜찮아요. 모양이 뭐가 중요한가요? 파괴력만 있으면 되지. 우리가 진짜 미사일을 만들 것도 아니고."

"그, 그런 거죠?"

"그럼요. 그럼 힘드시겠지만, 한 번 더 부탁드립니다."

홍이슬은 고개를 끄덕이며 미사일(?)에 마나를 불어넣었다.

금이 가고 곧 허물어져 가던 만신창이의 아이기스를 지금도 굳건하게 지킬 정도로 변모시켰던 스킬.

성질 초월이 더해지자 안 그래도 커다랗던 그것은 더욱 크고 아름답게 변했다.

단순히 크기만 커진 것이 아니라 마치 검에 강기를 두른 것과 같은 효과를 보였다.

홍이슬의 염동력으로 움직이기도 버거운 그것은 천천히 몬스터의 위로 이동했고.

그 끝에는 아주 얇은 실이 걸려 박현제의 손에 쥐어져 있었다.

수많은 무기들이 한데 어우러져 만들어진 미사일은 곧 무기.

박현제는 스킬 '웨펀 브레이크'를 이용해 그것을 터뜨릴 심산이었다.

그는 실을 움켜쥐면서 아이기스를 유지하고 있는 황진욱을 향해 소리쳤다.

"핵 떨어집니다! 방패 꽉 잡으세요!"

박현제의 외침과 동시에 황진욱은 이를 악물며 아이기스에 남은 마나를 전부 쏟아부었다.

S급 몬스터 무리 위에 떠워진 범상치 않은 외형의 무기.

박현제가 무기를 폭발시키는 능력이 있다는 것을 알고 있던 그였기에, 뒤이어질 폭발력의 여파를 대비해야만 했다.

그 모습을 마주한 박현제와 홍이슬은 서로를 바라보며 고개를 끄덕였다.

"떨어뜨릴게요!"

"오케이!"

홍이슬의 염동력에 의해 허공에 떠 있던 미사일.

위치를 강제하던 힘이 풀리자, 마치 이 순간을 기다렸다는 듯 곧장 지면을 향해 곤두박질쳤다.

콰과광-!

단순히 떨어지는 것만으로도 굉음을 일으키고.

하중을 견디지 못한 몇몇 놈들이 짓눌려 곤죽이 되어 간다.

언뜻 보면 이것만으로도 놈들을 처치하는 데 충분하지 않을까 하는 생각을 들게 만들 정도.

하지만 이에 그치지 않고 박현제는 미사일이 채 기울기 전에 실을 통해 마나를 주입했다.

아무리 홍이슬이 성질 변이를 통해 새로운 무기를 창조했다고 한들, 실상 그것이 진짜 미사일이 될 수는 없었다.

미사일의 복잡한 매커니즘을 구축할 수도 없는 노릇이거니와, 설령 만에 하나 그것을 만들어 냈다고 해도 마나가 동반되지 않은 현대식 무기는 몬스터에게 피해를 줄 수 없다.

이를 고려하면 그저 마나만 잡아먹는 큰 규모의 무쓸모 덩어리에 그칠 터.

하지만 여기서 박현제가 개입한다면 이야기가 완전히 달라진다.

그가 가진 스킬 '웨펀 브레이크'는 마나를 주입해 무기를 터뜨려서 일종의 폭탄으로 만들어 버리는 능력.

그것을 사용한다면 몬스터에게도 통하는 미사일이 탄생하는 것이었다.

혼신의 힘을 다해 마나를 주입하는 만큼 미사일은 빠른 속도로 붉게 달아올랐다.

그것에서 느껴지는 마나의 움직임이 심상치 않았고.

"······!"

"제가 돕겠습니다."

황대식과 황지영이 다급히 황진욱에게 가세했다.

그리곤 아이기스에 비하면 보잘것없지만, 저마다 가진 방어 스킬을 사용했다.

-솟구치는 성벽!

-반월 떨구기!

뒤이어 몇몇 버프 스킬을 가진 헌터들이 그에 힘을 보탰고.

무적 공략대의 등장에 잠시 움직임을 멈췄던 고춘성 또한 창을 굳게 움켜쥐며 앞으로 나섰다.

"나도 보고만 있을 수는 없지."

잠시 수그러들었던 방상시 탈의 황금사목이 흉흉한 기세로 붉게 타올랐다.

이어서 그는 창으로 땅을 쿵쿵 찍으며 어지러이 흩어져 있는 악귀들을 한곳으로 불러 모았다.

-방상시 : 통곡의 벽.

아이기스와 그 너머 방어벽의 앞으로 진을 진 악귀들이 서로 손과 손을 맞잡으며 비명을 내질렀다.

"끼아아아!!"

"끄에에에!!!"

가까이 다가가는 것조차 꺼려질 정도의 공포스러운 모습이었다.

225

게다가 소름 끼치는 비명까지 질러 대니 S급 몬스터 무리조차 그것에 닿기를 꺼려하는 모습을 보일 정도였다.

이 모든 과정이 이뤄지는 와중에도 박현제는 마나를 주입하는 데 여념이 없었다.

크기가 거대한 만큼 많은 마나를 필요로 한 탓이었다.

"크윽."

물밀듯이 빠져나가는 마나에 온몸이 덜덜 떨려 오고, 전신의 근육이 뒤틀리는 고통이 전해져 왔다.

홍이슬이 인상을 쓰며 도움에 나섰다.

웨펀 브레이크에 성질 초월의 묘리가 더해지면서 미사일이 급속도로 달아오른다.

박현제는 홍이슬을 향해 슬쩍 웃어 보였지만, 그 속이 편하지만은 않았다.

'다 차려진 밥상에 숟가락 하나 얹는 것도 도움 없이는 못 해서야 원…….'

하지만 좌절하지는 않았다.

오히려 자신은 한참이나 멀었다며 성장에 대한 투지를 불태웠다.

이윽고 미사일 전체가 붉게 달아올랐을 그때.

-웨펀 브레이크(Weapon Break)!

콰아아아아아아앙-!

탑이 통째로 흔들릴 정도의 강한 폭발이 일어나며 지면 전체에 균열을 일으켰다.

뒤이어 터져 나온 마나의 파도, 화마가 몬스터를 덮쳤다.

가죽과 살이 흔적도 알아볼 수 없을 정도로 녹아내리고, 간신히 그것을 피한 녀석들은 미사일의 파편에 난자당한다.

피아를 가리지 않는 폭발력은 우선적으로 통곡의 벽을 이루고 있는 악귀들을 소멸시켰고.

그 뒤로 장로 둘이 만들어 낸 성벽과 반월을 무너뜨렸다.

세워져 있는 도미노를 손으로 툭 건드려 넘어뜨리는 것만큼 너무도 간단했다.

"크헉."

"크으윽."

강제로 스킬이 파훼되며 마나가 역류한 탓에 곳곳에서 헌터들의 신음이 들려왔다.

그럼에도 황진욱은 시선을 돌리지 않고 오로지 아이기를 유지하는 데만 집중했다.

이제 남은 것은 이것 하나뿐.

"크아아아!!"

그가 마지막 남은 한 줌까지도 쥐어짜며 괴성을 토했다.

몸을 격하게 떨면서 이를 악다물었다.

피가 새어 나옴에도 개의치 않았다.

지금 황진욱의 머릿속은 온통 무슨 일이 있어도 지켜 내겠다는 신념으로 가득 차 있었다.

하지만 의지만으로 힘을 낼 수는 없는 노릇.

그의 바람과 달리, 마나로 이뤄진 방벽은 언제 무너져도 이상할 게 없을 정도로 쩌저정 소리와 함께 금이 가고 있었다.

방어벽이라는 것은 조금이라도 구멍이 나는 순간, 급격하게 흔들리는 법.

뒤이어 날아든 미사일 파편에 작은 균열이 서서히 범위를 넓혀 갔고.

이내 아이기스는 와장창 소리와 함께 산산조각 나 산산이 흩어졌다.

"크억…… 안 돼!!"

피를 토하며 외쳐 보지만 더 이상 어찌할 도리가 없었다.

한계의 한계까지 끌어다 쓴 마나는 이제 텅 비어 버렸고.

성질 초월로 도움을 줬던 홍이슬도, 웨펀 브레이크를 위해 혼신을 다했던 박현제도 더는 도울 길이 없었다.

이제 남은 것은 최후의 장벽이 사라지며 닥쳐올 화마를 마주하는 것뿐.

몇몇은 저도 모르게 눈을 감으며 다가올 화마를 맞이하는 듯했고.

어떤 이는 컨택트를 내세우며 최후의 발악을 준비하고 있었다.

그런데 어찌된 영문인지.

"······?"

방금 전까지만 해도 폭풍처럼 몰아닥치던 여파가 아무리 기다려도 다가오지 않았다.

태풍의 중심에 들어선 것처럼 고요하기만 할 뿐, 느껴지는 변화는 아무것도 없었다.

정신을 차리고 정면을 응시했을 땐, 한때는 S급 몬스터였을 것들의 육편만이 지천에 널려 있을 뿐이었다.

한 마리도 살아 있는 놈이 없었다.

단 한 번의 폭발로 S급 몬스터 50여 마리를 해치운 것이었다.

"허······."

황진욱은 모두를 지켰다는 사실에 무릎을 꿇고, 다른 이들은 살았다는 안도감에 털썩 주저앉았다.

"어휴, 죽을 뻔했네."

박현제가 허탈한 웃음을 지으며 벌러덩 드러누웠다.

"이래서 평소에 덕을 쌓아야 한다니까."

"이 상황에서 농담이 나와요?"

"방어벽이 사라진 때에 맞춰 폭발도 끝마친 건 천운이 따른 거 아닌가?"

"그건 그렇지만, 그렇게 자랑하듯 말해야 돼요?"

"아니, 내가 그렇게 구르면서 했으면 자랑도 좀 할 수······."

"아 쫌!"

홍이슬이 태클을 걸지만, 그녀 또한 생각이 크게 다르지 않은 듯했다.

그의 말마따나, 시기적절하게 폭발이 멈춘 것은 하늘이 도운 것이나 마찬가지였으니까.

그런 둘에게로 한 사람이 다가와 박현제의 어깨를 두드렸다.

"고생 많았네. 덕분에 위기를 넘겼네."

"별말씀을."

능청스런 모습에 슬며시 입가를 올린 고춘성이 한 곳으로 시선을 돌렸다.

"그럼 뒷일은 내가 맡도록 함세."

다른 이들은 모두 지쳐 있으니, 그나마 힘이 남아 있는 자신이 마무리를 해야 했다.

먼발치에 떨어져 광명처럼 빛나고 있는 자줏빛 수정.

저것을 부숴야 진정한 마지막이라 할 수 있었으니 말이다.

그렇게 걸음을 내디디려던 고춘성은 끝내 뜻을 이룰 수 없었다.

그가 인상을 찌푸리며 목구멍으로 치솟는 욕지기를 애써 참아 냈다.

밝게 빛나던 수정의 빛이 사라지고, 그 앞에는 거대한 그림자가 드리워졌다.

그사이에 다섯여 마리의 S급 몬스터가 리젠된 것이었다.

다 끝났다고 생각한 상황이었기에 짙은 낭패감이 밀려들

어 왔다.

황진욱을 비롯한 황대식, 황지영은 당장 전투를 치르기에 무리.

다친 곳이 없어 보일지 몰라도 급격하게 마나를 쏟아부은 것과, 마나의 역류에 그 속은 만신창이가 된 것이었다.

무적 공략대의 두 사람 또한 마찬가지.

그나마 싸울 힘이 남아 있는 이는 고춘성만이 유일했다.

문제는 그 또한 그리 좋은 상태는 아니라는 것.

간신히 방상시 탈을 유지할 정도의 마나만 남아 있었던 것이다.

그렇다고 여기서 다 죽을 수는 없는 노릇.

그는 자신의 몸이 잡아먹힌다고 해도 다시 악귀들을 불러내기로 마음먹었다.

"너무 걱정하지 마시게. 내가 어떻게든 막아 볼 테니."

그러자 박현제가 그의 팔을 잡았다.

"그러지 마세요."

"그럼 어떻게 하잔 말인가. 다 죽자는 소린가? 이만큼 살았으면 됐네. 언제 죽어도 이상할 게 없는 이 목숨을 바쳐서 사람들을 구할 수 있다면 그것만으로도 충분히 값진 게야."

"아니요. 제 생각에 국장님은 오래오래 사실 겁니다."

당장 죽게 생긴 상황.

그럼에도 태연하게 영문을 알 수 없는 소리를 내뱉는 그의 모습에 고춘성이 미간을 구겼다.

"……그게 무슨 소린가? 혹 재건 그 친구가 올 예정인가?"

"글쎄요. 오실 수도 있는데, 안 오실 확률이 더 높죠. 대신, 우리에게는 미치광이 의사가 있잖아요."

"음?"

박현제의 검지가 가리키는 방향을 따라 고개를 돌린 고춘성이 의아하다는 듯 고개를 갸웃거렸다.

탑에 진입한 이후 단 한 번도 나서지 않아 있는지도 몰랐던 김선호.

그가 헌터들과 동떨어진 곳에서 검은 피리를 꺼내 들고 있었다.

리젠된 몬스터는 헌터들을 발견하고 진동을 일으키며 뛰어오는 상황.

그런 상황에서 속 편하게 피리를 꺼내 드는 모습에 고춘성이 깊은 인상을 썼다.

"지금 장난할 때가 아니……."

그러나 김선호의 입이 피리에 닿고, 그것이 불어졌을 때에는 인상이 펴지고 경악한 얼굴로 변모했다.

삐이이이익-!

당장이라도 고막이 터질 법한 소음에 인상이 찌푸려지지만.

헌터들을 향해 달려들던 몬스터들이 일제히 김선호가 있

는 곳으로 방향을 돌려 버렸기 때문이었다.

고춘성은 경악 어린 표정으로 물었다.

"저, 저게 뭔가? 몬스터를 조종하는 피리라도 되는 건가?"

"아니요. 저렇게 듣기에도 거북한 소리로 어떻게 몬스터를
조종하겠어요. 내가 몬스터여도 조종은 개뿔, 화나서 피리 부
쉬 버리겠네. 어그로 끄는 거예요."

"그럼 저 친구를 도와야 할 게 아닌가!"

"선호 형을 도와요? 도와주면 도리어 화낼걸요? 그냥 놔두
세요. 정 걱정되면 지금 국장님이 수정 깨 주시면 되겠네요."

그렇게 말하면서 바닥에 털썩 드러눕는 박현제의 모습.

고춘성은 하마터면 창으로 그를 찌를 뻔한 충동을 꾹 참아
냈다.

그러면서도 김선호를 도우려 움직이지는 않았다.

S급 몬스터의 손톱은 그가 입은 슈트와 그 위에 걸쳐져 있
는 조끼를 제대로 뚫어 내지도 못했고, 주먹에 얻어맞은 그는
오히려 교성을 질러 대기에 바빴으니까.

"웃흥!"

"더! 더 세게! 너무 약하잖아!"

고춘성은 그를 보면서 고개를 가로저었다.

"요즘 것들이란……."

그러면서 자줏빛 수정을 향해 걸음을 옮겼다.

◇ ◆ ◇

울산에 생긴 5층 탑.

서울의 탑에 금강과 협회의 헌터들이 투입됐다는 것을 감안하면, 이곳의 공략을 맡은 이들은 너무도 보잘것없었다.

명문가인 태산과 부산에 거점을 둔 대형 길드뿐이었으니까.

자칫 죽을 수도 있는 위험천만한 상황에 직면했음에도 태산은 불평 하나 늘어놓지 않았다.

협회장의 명령이었기 때문에?

태산의 가주인 백권호가 그것을 승인했기 때문에?

물론, 그런 점도 있었지만, 근본적인 문제는 그런 것이 아니었다.

애초에 협회장이 태산에게 탑 하나를 통째로 맡긴 것은 그만한 이유가 동반되었고.

태산은 그를 반증하듯 현재 서울에 생긴 탑과 비교해도 전혀 뒤떨어지지 않을 정도로 안정적으로 진행하고 있었다.

이윽고 4층에 도착한 그들은 쌓여 있는 몬스터를 보고 이제 시작이라는 것을 알 수 있었다.

장로 백지웅은 가주 백권호의 옆에 서서 컨택트를 움켜쥐며 말했다.

"저희가 길을 열겠습니다."

백권호의 목적지는 5층.

아이러니하게도 가장 강한 헌터이기에 몬스터를 눈앞에 두고도 힘을 아껴야 하는 것이 그였다.

하지만 그는 수중에 들린 검을 바라볼 뿐, 아무런 말도 하지 않았다.

3층까지는 대형 길드를 비롯한 장로들의 도움으로 뚫고 올라올 수 있었다.

하지만 4층에 포진해 있는 A급 몬스터라면?

그들의 힘만으로 뚫어 내려 한다면 엄청난 시간을 소모해야 할 터였다.

그렇게 된다면 5층에는 S급 몬스터가 더욱 많이 쌓일 시간을 주는 셈이니, 빨리 치우고 올라가는 것이 오히려 득이 되는 상황이었다.

그는 검을 앞으로 내세우며 말했다.

"빠르게 정리하고 같이 가시죠."

이윽고 앞으로 나타나는 방패.

그리고 그의 수중에 들린 검은 광명처럼 빛났다.

-라파엘의 수호.

태산의 일원들과 길드원들 그리고 경상도권에 위치한 대형 길드의 헌터들은 4층에 있는 몬스터들과 격돌했다.

말 그대로 격돌이었다.

탱커가 전열에서 방어진을 구축하고 후방에 위치한 딜러

가 공격을 퍼붓는 형식은 그 어디서도 보이지 않았다.

옛 전쟁 때 모두가 칼과 창 등의 무기를 꼬나 쥐고 혼란 속에서 전쟁을 치를 때와 흡사한 모습.

그럼에도 불구하고 어느 레이드에서도 찾아볼 수 없는 안정감이 그들에게서 느껴졌다.

심지어 서울에 생성된 탑 공략에 나선 금강과 협회보다 더욱 단단해 보였다.

이는 몬스터 무리 속에서 마음껏 날뛰고 있는 태산의 장로 백지웅을 통해 여실히 드러났다.

그의 손에 들려진 것은 커다란 대도.

호리호리한 외형에 비해, 그는 날카로운 강기로 벼려진 대도를 폭풍같이 휘둘러 쉴 새 없이 몬스터를 도륙했다.

S급 헌터의 힘이 체격에서 나오는 것이 아니란 점을 여실히 보여 주고 있는 것이었다.

"흐아!!"

촤악-!

A급 몬스터가 그 기세를 이기지 못하고 단박에 찢겨 나간다.

누군가 이 모습을 지켜봤다면 크게 기함했을 것이다.

절대 방어, 절대 수호 등이 태산의 모토.

오로지 방어에만 초점을 둔 것이 태산의 헌터들인 것이다.

반면 지금은 패도적인 힘을 바탕으로 일 합에 몬스터를 압도하고 있었으니까.

더 놀라운 광경은 뒤이어 펼쳐졌다.

혼란의 중심 속에 있는 만큼 사방팔방에서 몬스터의 공격이 쇄도하는 것은 당연한 일.

한 몬스터가 포효를 내지르며 당장이라도 등을 찢어발기겠다는 듯 손톱을 휘둘렀다.

하지만 백지웅은 별다른 대처 없이, 아니 일절 신경을 쓰지 않았다.

지금의 그는 광전사 그 자체였다.

콰지지직-!

거칠게 날아들던 손톱은 흔한 생채기 하나 새기지 못한 채 그대로 미끄러져 지면과 충돌했고.

콰앙-!

"네까짓 게 뚫을 수 있는 방벽이 아니다!"

뒤이어 날아든 대도의 참격에 몬스터는 이렇다 할 반격도 해 보지 못하고 반으로 갈라졌다.

"후우."

너무 날뛴 탓에 잠시 체력적으로 달렸던 백지웅은 숨을 고르며 전황을 훑었다.

모든 헌터들이 합심하여 몬스터와 맞서 싸운 결과 어느덧 승기는 헌터 쪽으로 많이 기울어 있었다.

놀라운 사실은, 빠른 속도로 4층을 정리했다는 것을 차치하고 단 한 사람도 경상조차 입지 않았다는 것.

B급 헌터들이 뒤섞여 있음에도 그런 상황이었다.

방어진을 구축한 것도 아니고, 난전을 치르는 상황에서 어떻게 그럴 수 있었을까?

그 이유는 백지웅의 시선이 자리한 곳에 있었다.

조금 전, 백지웅의 등짝을 할퀴려던 몬스터가 아무런 피해도 주지 못한 것도.

헌터들을 위협으로부터 보호한 것도.

그 모든 게 빛나는 검을 내세우고 몬스터와 맞서 싸우고 있는 사내.

태산의 가주 백권호 덕분이었다.

4층에 위치한 헌터 전체에 가호(加護)가 적용되고 있었으니까.

백권호의 스킬 '라파엘의 수호'에서 비롯된 능력이었다.

이를 믿기에 헌터들은 제 몸 생각지 않고 전력을 다해 달려들 수 있었던 것이다.

[지역 방어에 최선을 다하겠습니다.]

일전 랭킹전 당시, 이런 말을 언급할 수 있었던 이유도 이런 능력을 보유하고 있기 때문이었다.

여태까지 그가 이끄는 레이드에선 단 한 사람의 사망자도 나오지 않았고, 불시에 터진 게이트 붕괴도 그가 있다면 사망자를 찾아볼 수 없었다.

그것이 부산을 비롯해 경상도권이 태산을 절대적으로 신뢰하는 이유였다.

하지만 극명한 명(明)이 있으면 그에 따른 암(暗)도 존재하기 마련이었고.

빠르게 가세해 주위의 몬스터를 처리한 백지웅이 근심 가득한 얼굴로 물었다.

"이제 헌터의 수가 몬스터를 압도합니다. 잠시 쉬고 계심이 어떻겠습니까?"

당연하게도 이런 광역 스킬에는 그만한 부작용이 뒤따를 수밖에 없었다.

뛰어난 방어를 가능하게 만드는 만큼 소모되는 마나의 양 또한 극심했던 것.

5층에 얼마나 큰 위험이 도사릴지 알 수 없는 상황 탓에 백지웅의 표정은 밝지 못했다.

여기서 많은 마나를 낭비하는 만큼 5층에서 겪을 고초가 심해질 수밖에 없으니 말이다.

아니, 혹여 백권호가 지쳐 나가떨어지기라도 하는 날에는 탑 공략 자체가 무위로 돌아갈지도 모를 일이었다.

그러나 그의 염려와는 다르게 백권호는 방긋 웃으며 대답했다.

"장로께서는 항상 걱정이 너무 많으십니다. 제 마나는 아직 10분의 1도 소모되지 않았습니다."

"……예?"

"뭐라고 하셨어요?"

백지웅이 놀란 음성을 토해 냈다.

그것은 백권호와 합을 이루고 있던 장남 백연호도 마찬가지.

평소 레이드에서 보스 몬스터를 상대하는 데에만 해도 마나를 탈탈 털어야 하는 스킬이었다.

아무리 방어에 치중하지 않고, 몬스터를 정리하는 데만 힘을 실었다고 한들.

그 수가 많은 만큼 상당한 시간이 소모됐다.

한데 장시간을 사용했음에도 10분의 1밖에 소모되지 않았다니 의아할 수밖에.

그런 두 사람을 뒤로한 채 백권호는 빛나는 검으로 몬스터의 목을 꿰뚫고.

그것을 뽑아내곤 다시 방긋 웃으며 대답했다.

"협회에서 울산에 생성된 탑에 우리만 넣은 이유가 뭐라고 생각하십니까?"

두 사람은 몬스터를 상대하면서 그의 말을 곱씹었다.

가주가 승인했기에 토를 달지 않았을 뿐.

태산의 일원들도 현 상황에 불만이 가득했던 것은 사실이었다.

서울은 금강과 협회가 힘을 합쳤고, 목포는 월과 신기, 환영이 뭉쳤다.

그에 반해 울산에 투입된 이들 중 기존 명문가라 할 수 있는 곳은 태산 하나뿐.

아무리 태산이 방어를 잘한다고 해도, 헌터의 수나 등급을 따져 봤을 때 불합리하다는 생각이 드는 것은 어쩔 수 없는 문제였다.

한데 그 내면에 숨은 이유가 있었다?

그것이 무엇인지 고민해 보지만, 답은 쉬이 찾아낼 수 없었고.

이미 예상하고 있었다는 듯 백권호가 먼저 답을 내놨다.

"협회장님께서는 지금의 제가 이전과는 다르다는 걸 알고 있는 몇 안 되는 사람 중 하나이기 때문입니다."

"그게 가능하실 리…….."

믿기지 않는다는 듯 부정하려는 백연호였으나, 눈치 빠른 백지웅이 먼저 제 의견을 꺼내 들었다.

"일주일도 되지 않는 짧은 시간에 도대체 무엇을 하고 오신 겁니까?"

지난번, 협회장을 비롯해 무적 공략대와 함께 몰디브에 다녀온 가주였다.

이후 뭔가 달라졌다는 건 조금이나마 느끼고 있었는데, 그곳에서 무언가 큰 변화를 겪을 것일까?

잠시 뭔가를 고민하던 그가 무언가를 떠올린 듯 토끼 눈을 한 채 백권호를 바라봤다.

"설마……?"

초기 등급 A급을 받고, S급이 되며 그 위로 향하는 벽은 막혀 있던 가주다.

그런 이에게서 기존에 알지 못했던 변화가 느껴진다는 것.

그리고 그것이 벽이 없는 헌터라는 이재건과 동행한 이후에 벌어졌다는 것.

도무지 받아들일 수 없는 일이지만, 가정들은 하나의 결론으로 귀결되고 있었다.

떨리는 눈동자가 눈앞의 가주를 향하지만.

백권호는 은은한 미소를 머금은 채로 주변을 둘러볼 뿐이었다.

어느덧 4층의 몬스터라곤 열 마리도 남아 있지 않았다.

이내 그의 시선은 5층으로 향하는 길로 향했다.

"1년 동안 혹한의 추위에서 S급 몬스터와 생존의 사투를 벌였던 건 정말 힘들었죠. 그래서인지 A급 몬스터는 이렇게 쌓여 있어도 사실상 별로 위협적으로 보이지 않네요."

그러면서 그는 자신의 상태창을 바라보았다.

[백권호]

▶ 등급 : SS급

▶ 스탯

힘 : 300

민첩 : 300

지력 : 510

체력 : 410

▶ 특성 : 성기사

▶ 스킬 : 라파엘의 수호(SSS), 신성의 날개(S), 영원의 빛(S)

▶ 컨택트 : 광명의 검

몰디브에서 재건과 함께했었던 1년의 숲에서의 훈련.

그때 재건은 영원히 뚫지 못할 것만 같았던 두 사람의 벽을 깨부쉈다.

그 두 사람은 바로, 백권호와 협회장 임태원이었다.

장로들과 백연호가 그의 말에서 심상치 않은 기색을 느꼈을 때, 백권호는 5층으로 걸음을 내디디며 말했다.

"제가 얼마나 변했는지는 5층으로 가 보면 알겠죠. 갑시다."

모든 명문가와 길드들 그리고 협회까지 총동원되어 5층 탑을 공략하고 있을 그때.

재건은 자신과 함께 마계에 있던 탓에 어느 곳에도 배정받지 못한 공략대원들을 보며 말했다.

"먼저 한국에 와 있었던 세 사람은 서울에 있는 탑으로 들어갔다고 합니다. 그래서 여러분들도 남은 두 탑을 지원해 주셨으면 합니다."

그러자 홍유나가 손을 들고 말했다.

"저는 목포로 갈게요. 그곳에 우리 가문 사람들이 갔을 테니까요."

"안 그래도 그곳으로 배정하려던 참이었어. 홍유나, 재백, 라마 잭슨, 시트니 네 사람은 목포로 가고 조충, 삼촌, 나성인 세 사람은 울산으로 가세요."

그들은 명이 떨어지기 무섭게 그곳으로 출발했다.

서울과는 꽤나 먼 거리에 있는 울산과 목포.

탑의 붕괴 시간이 1시간이라는 것을 고려하면 이동하는 와중에 붕괴될 확률이 높았다.

하지만 무적 공략대에게는 그리 어려울 것도 없는 문제였다.

그들에게는 공간 이동을 자유자재로 할 수 있는 초롱이가 함께하고 있었으니까.

재건은 심각한 상황에서도 막대 사탕을 입에 물고 천진난만한 표정을 짓고 있는 녀석의 머리를 쓰다듬으며 말했다.

"초롱아 부탁할게."

"웅!"

그렇게 초롱이가 만든 공간을 타고 각자의 목적지로 공략대가 향한 후.

재건은 초롱이와 함께 높은 하늘로 날아올랐다.

호크아이에 집중하고 서울 전역을 내려다보는 그는 침음을 흘렸다.

"음……."

5층 탑의 붕괴는 재앙에 가깝다.

헌터와 관련된 일에 종사하지 않는 일반인이라도 그것을 모르는 사람이 없을 정도.

그렇기에 현재 5층 탑이 세 개나 생겼다는 것은 일반인들에게 있어 지옥도가 펼쳐진 것이나 다름없다는 것을 알고 있다.

하지만 도로 교통이 마비될 정도로 혼란이 찾아올 정도는 아니다.

현재 생성된 탑이 설사 시간이 지나 붕괴 현상을 보인다고 한들 그것을 막아 내고 탑의 근간인 수정을 부술 수 있는 헌터들이 배정됐으니까.

그런데도 이런 모습을 보인다는 것은.

"지난 인천에서 일어난 균열이 시민들에게 엄청난 공포심을 심었다는 거겠지."

한 지역을 관할하며 존경심을 받았던 가주가 죽었다.

그것도 S급에 달하는 최고위급의 헌터가.

그런 이조차 어쩔 수 없는 게 균열인데, 평범한 시민들이야 두말할 것도 없었다.

일전의 기억을 떠올리는 과정에서 씁쓸한 감정까지 되새긴 재건이 주먹을 불끈 쥐었다.

'그때와 같은 사태가 또다시 발생하게 내버려 둘 순 없지.'

공중에 떠올라 전국을 관찰하고 있는 이유도 그 때문이었다.

언제 어디서 균열이 나타날지 모르니 미리 주시하며 준비하고 있는 것이었다.

그렇게 신경을 곤두세운 채 주변을 주시하길 얼마나 흘렀을까?

아무리 이곳저곳을 둘러봐도, 균열은 좀체 모습을 드러내지 않았다.

무의미하게 시간만 흘러갈 뿐이었다.

그렇다 보니 재건의 걱정은 다른 곳으로 돌려졌다.

"초롱아, 엄마는 미국에 잘 갔겠지?"

재건은 릴리스에게 미국에 균열이 나타나면 막아 달라고 부탁했다.

헌터 최강국이라 불리는 미국을 걱정한다?

이치에 맞지 않았지만, 그 부탁에는 그럴 만한 이유가 있었다.

마계로 향하는 통로가 열리며 그곳에 들어섰던 프렉달과 제이미 홈즈를 비롯한 제니스 1팀이 전투가 불가능한 수준으로 피해를 입은 채 돌아왔다.

그것은 메르세데스에 의해 벌어진 일이었지만, 어쨌든 그녀를 제니스에게 보냈던 것은 순전히 자신이었다.

그러니 그에 따른 책임을 무시할 수 없었고.

만에 하나라도 제니스가 거점을 삼고 있는 곳에 균열이 발생할지 모르니, 인명 피해를 막기 위해 릴리스를 보낸 것이었는데.

막상 보내 놓고 보니 걱정이 안 될 수가 없었다.

언제 어떻게 사고를 칠지 모르는 존재였으니까.

"미국? 아! 그 노란 머리 인간들 많은 곳?"

"응. 아빠가 엄마한테 부탁했거든. 거기서 사람들 좀 지켜 주라고. 엄마가 초롱이한테는 무슨 말 안 했어?"

"했어. 그런데 엄마 미국인가 뭔가 하는 거기는 안 갔는데?"

초롱이에게서 들려온 뜻밖의 대답에 재건은 화들짝 놀라며 아이를 바라봤다.

"어?! 그럼 어디 갔는데?"

"레어에 간댔어."

"이런 미……!"

저도 모르게 한바탕 욕지거리를 내뱉을 뻔한 재건은 옆에 초롱이가 있다는 사실을 떠올리며 목구멍까지 올라온 욕을 다시 삼켰다.

그리고 잔뜩 흥분한 표정으로 물었다.

"미국 지켜 달라니까, 이 시국에 레어를 왜 가?"

"그런 것까지는 초롱이도 몰라."

"하아……."

난데없는 위기 상황에 긴 한숨이 절로 내뱉어졌다.

그러나 지금으로선 아무리 재건이라 한들 할 수 있는 일은 없었다.

그저 좋게 생각하기로 마음먹는 것만이 할 수 있는 전부였다.

'미국 협회가 오합지졸도 아니고, 탑이 생성된 시점부터 뭔가 계획을 세워 놨겠지. 그래, 그럴 거야. 아니, 그래야만 해.'

꼭 제니스가 아니더라도 미국의 헌터들은 수준이 높고, 헌터 협회도 다른 나라에 비하면 궤를 달리하는 수준이니까.

그럼에도 쉽게 마음은 진정되지 않던 그때.

초롱이가 짧은 탄성을 내뱉었다.

"아!"

"어?"

재건은 놀라며 지상을 훑지만, 어딜 봐도 균열은 보이지 않았다.

그 순간에 초롱이가 무언가 생각난 표정으로 말했다.

"엄마가 레어에 가기 전에 레드 어딨냐고 물었었어."

그 말에 재건은 문득 불안감이 스쳤다.

"레드를 왜?"

"그건 진짜 몰라. 레어에 데려갈 생각인 것 같았어!"

Chapter 82. 광룡의 심장

Chapter 82. 광룡의 심장

미합중국 보스턴.

폭신한 침대에 머리를 맞대는 순간 저도 모르게 잠이 들었던 루이스 스콜라가 부스스한 머리를 한 채 깨어났다.

"하아암……."

입이 쩍 벌어질 정도로 늘어지게 하품을 하고 눈을 비비며 잠기운을 쫓아내 보지만.

천근만근처럼 무거운 눈꺼풀은 쉬이 떠지지 않았다.

게이트 내부에서 릴리스와 선셋이 벌인 한바탕 소동.

이후 벌어진 S급 보스 몬스터 가리온과의 대결까지.

그리 긴 시간이 아니었음에도 이제 막 헌터 생활에 발을 들

251

인 그에게는 한없이 고된 시간이었던 것이다.

그나마 다행인 것은 말론의 배려로 트레이닝 센터 바키에서 꿀맛 같은 휴식을 취할 수 있다는 것.

하루 종일 누워 있어도 등과 허리가 배기지 않을 푹신한 침대는 피로가 누적된 육체를 보듬어 주었다.

고개를 좌우로 꺾으며 몸을 일으킨 스콜라가 무언가를 찾는 듯 주위를 두리번거렸다.

이내 킹 사이즈의 침대 한편에 몸을 웅크리고 있는 새빨간 핏덩이가 시야에 들어왔다.

기척을 느꼈는지 슬며시 눈꺼풀을 들어 올리며 기지개를 켜는 레드.

스콜라는 녀석의 머리를 쓰다듬으며 아침 인사를 건넸다.

"잘 잤어?"

"뀨웅."

거칠지만 따스함이 느껴지는 손길과 포근한 목소리에 레드는 기분 좋은 울음을 내며 손을 핥는 것으로 화답했다.

혀의 돌기가 까끌거림에도 스콜라의 입가에는 어느새 미소가 지어져 있었다.

'살다 보니 나에게도 이런 날이 오는구나.'

사람이 사는 곳인지, 쓰레기장인지 구분이 되지도 않을 만큼 폐허나 다름없었던 보금자리는 품격이 느껴지는 방이 되었다.

또한 빈민가에서 동고동락을 함께했던 아이들은 아르헨티나 협회에서 부유층 자제 부럽지 않은 수준으로 관리에 들어갔다.

거기에 힘들기는 하지만 희로애락을 함께할 수 있는 든든한 동료들까지 생겼다.

'힘겹게 지냈던 지난 과거에 대한 보상인가.'

다사다난했던 그간의 일들이 어쩌면 지금을 위한 시련이었을지도 몰랐다.

하지만 마냥 행복하기만 한 것은 아니었다.

순식간에 변해 버린 이 상황이 마치 한순간의 꿈처럼 어느 때에 갑작스레 사라져 버릴지도 몰랐으니까.

내색하지 않았지만, 그런 불안감은 가슴 한구석에 자리 잡아 불씨를 키워 가고 있었다.

그렇기에 스콜라는 재차 다짐하며 스스로를 채찍질했다.

'다신 그때로 돌아가고 싶지 않아. 그러려면 지금보다 훨씬 더 많이 노력해야 해.'

세상에 공짜는 없다.

일약 스타덤에 올랐으며, 세계에서도 명성을 떨치고 있는 무적 공략대의 수장이 자신에게 손을 내밀었다.

이는 갓 헌터 세계에 발을 내디딘 A급 헌터에게 무언가 얻고자 하는 바가 있다는 뜻.

삶에 변화를 이끌어 준 은인에게 보은하고 싶었다.

기대에 부응하며 재건에게 힘이 되어 주길 원했다.

그렇기에 이대로는 안 됐다.

현재의 무적 공략대는 감히 쳐다볼 수도 없는 높은 곳에 존재하는 헌터들.

그들보다 두세 배 더 노력하지 않는다면, 결코 따라잡을 수 없는 간극이었다.

창문 사이로 들어오는 따사로운 햇살을 미래에도 기분 좋게 느끼고 싶다면, 현재 부단히 움직여야 하는 것이었다.

지금에 안주(安住)해서는 훗날 누군가의 안주(按酒)가 될 수 있는 법이니까.

그렇게 마음을 다잡은 스콜라는 침대에서 벌떡 일어났고.

방 안 한편에 자리 잡은 전신 거울 앞에 섰다.

피골이 상접하여 뼈의 형태가 다 드러날 정도로 앙상한 팔다리와 얼굴.

일반적인 평균 신장보다 우월하게 타고난 기럭지는 초라한 몰골을 한층 도드라지게 만들고 있었다.

만족스럽지 않은 결과를 마주하며 무언가를 골똘히 생각하던 그가 이내 등 뒤로 고개를 돌렸다.

그의 시선이 닿은 곳은 침대께에 자리 잡은 테이블.

그 위에는 아침 식사가 준비되어 있었다.

오랜 세월 마약에 찌들어, 음식을 삼키기만 해도 토하던 지난 기억이 무의식적으로 음식을 거부하지만.

스콜라는 단호한 표정으로 다시 한번 작심했다.

"그래, 난 달라져야 돼. 힘내려면 식사부터 잘 챙겨야지."

헌터의 힘이 아무리 체격에서 나오는 게 아니라 하지만, 이런 모습이라면 신뢰를 주기 힘들 테니까.

테이블로 걸음을 옮긴 그는 먹음직스럽게 포장된 샌드위치 하나를 집어 들었다.

크게 심호흡을 하고는 조심스레 베어 물었다.

다른 사람이 봤다면 깨작거린다며 질타를 날릴 모습이었지만, 스콜라로선 크게 마음먹고 한 걸음을 내디딘 것이었다.

하지만 굳은 결심과는 다르게 목구멍을 타고 넘어가는 샌드위치의 움직임은 인상이 찌푸려질 정도로 힘겹고, 거북스러웠다.

"우욱."

반사적으로 속이 울렁거렸다.

위액과 뒤섞여 토사물로 튀어나올 것만 같은 느낌이 강렬하게 밀려들었다.

스콜라는 눈을 질끈 감고 속에서부터 끓어오르는 역겨운 내음을 인내했다.

'난 할 수 있다!'

스스로에게 최면을 걸 듯 버틸 수 있음을 되뇌었다.

그러자 놀랍게도 아주 천천히 속이 차분해졌다.

"서, 성공했어!"

끊임없이 자신을 괴롭히던 것을 이겨 냈다는 기쁨에 의자
에서 벌떡 일어나 만세를 불렀다.

그러나 착각이었다.

다급히 고개를 숙이며 테이블 밑 쓰레기통에 머리를 처박
을 수밖에 없었다.

"우우욱."

조금 전 먹었던 것보다 많은 양이 입 밖으로 쏟아져 나왔다.

뒤따라 비릿하고 역겨운 기운이 전해졌다.

수백, 수천 번을 겪은 과정임에도 좀체 익숙해지지 않는
느낌.

눈시울이 붉어지고 눈물이 핑 도는 감각에 머릿속이 멍해
졌다.

그때 그의 옆으로 아장아장 걸어온 레드가 다리를 핥으며
울음을 내뱉었다.

"뀨웅……."

무슨 말을 하려는 건지 못 알아듣는 게 당연했다.

그런데 신기하게 녀석이 무얼 말하고 있는지가 여실히 와
닿는 것만 같았다.

"지금 아빠 걱정해 주는 거야?"

"뀨웅."

"하하, 걱정 마. 아빠는 괜찮아."

어렵게 삼킨 샌드위치가 또다시 토를 불러일으켰음에도

그는 굴복하지 않았다.

완벽한 성공은 아니더라도 나름대로 진척이 있었고, 첫술
에 배부를 수는 없으니까.

정신은 육체를 지배한다.

지금은 음식 하나 먹는 것조차 마음대로 못 하는 볼품없는
모습이지만, 단지 시작일 뿐.

언제고 성공할 날이 오리라.

스콜라는 믿어 의심치 않았다.

그렇게 첫 시도의 의의를 되새긴 그는 테이블 위에 놓인 상
자를 열었다.

안에는 한눈에 봐도 최고급 품질을 자랑하는 소고기가 한
가득했다.

레드를 위해 마련된 것이었다.

자신뿐만 아니라, 레드와 관련된 것까지 섬세하게 준비된
것은 모두 말론의 안배와 더불어 그와 함께 일해 왔던 매니저
덕분이었다.

"너무 감사하네."

친절에 감사 인사를 올린 그는 큰 덩어리를 하나 집어 녀석
에게 내밀었다.

"레드야, 이거 먹을래?"

그러자 고기에 대고 몇 번 코를 킁킁거리던 레드는 낚아채
듯 물고는 몇 번 씹지도 않고 삼켜 버렸다.

자식이 잘 먹는 모습을 본다는 것은 이런 느낌일까?

행복함이 가득 차오른 그는 미소를 머금고 녀석을 들어 올려 테이블 위에 내려놓았다.

"끄응차! 여기 다 먹어도 돼."

가만히 있어도 금세 배가 고프고, 한창 성장할 시기인 레드는 고기를 향해 코와 입을 박아 넣었다.

우걱우걱 잘도 먹는 녀석의 모습을 한참이나 바라보던 스콜라는 다시 시선을 옮겨 샌드위치를 집어 들었다.

그리고 그것을 입으로 가져가던 그때.

주위 공간이 일렁거리며 한 여성이 모습을 드러냈다.

그녀를 확인한 스콜라는 자리에서 벌떡 일어나 사레들린 기침을 했다.

너무 놀란 탓이었다.

허겁지겁 물을 들이켜 진정하는 사이, 공간에서 나온 릴리스가 말을 꺼냈다.

"배가 많이 고팠나 보구나."

"예?"

순간 자신을 향한 말인가 하는 의문에 고개를 갸웃거리지만.

그녀의 시선이 향하는 방향을 눈치채곤 그 생각이 틀렸음을 깨달을 수 있다.

릴리스의 시선은 자신이 아닌 뒤편을 향하고 있었다.

"아, 레드……."

"그래. 내가 온 것도 신경 쓰지 않고 게걸스럽게 먹고 있으니 말이다."

실제로 레드는 릴리스를 두려워했다.

태어난 지 얼마 되지 않은 해츨링이 드래곤 로드인 그녀의 격을 알아채고?

아니면…… 그녀에게서 제 아비인 광룡의 피 냄새가 느껴져서?

직접적으로 말을 하지는 못하니 정확한 이유는 알 수 없지만, 녀석이 두려움을 느낀다는 것은 부정할 수 없었다.

그런 녀석을 무미건조하게 바라보던 릴리스가 스콜라에게로 시선을 돌렸다.

"허기를 채우는 것도 중요한 행위지만, 그보다 시급한 일이 있다. 그러니 저 아이는 내가 잠시 데려가겠다."

"예? 어디를요?!"

스콜라는 그녀와 레드의 사이를 가로막았다.

평소의 그였다면 감히 그녀의 행동에 반문을 품을 수 없었을 것이다.

그 자체가 간이 배 밖으로 튀어나온 행동이라 할 수 있었으니까.

하지만 이런 행동을 보인 데에는 그만한 이유가 있었다.

릴리스가 레드를 죽일 수도 있으니 조심해라.

그것이 재건이 남긴 전언이었다.

평상시에도 레드를 곱게 보지 않는 그녀였으니, 녀석을 지켜야 한다는 마음에 앞뒤 가리지 않고 반사적으로 몸을 움직인 것이었다.

그렇다고 몸이 덜덜 떨리는 것을 주체할 수는 없었다.

그런 그를 한심하다는 듯 쳐다본 릴리스가 손을 뻗어 밀어냈다.

"해코지할 생각 없으니 나오너라."

그리고는 볼이 미어터질 정도로 고기를 와구와구 삼키고 있는 녀석의 목덜미를 잡아 들었다.

그제야 릴리스의 존재를 깨달은 레드는 놀란 눈을 뜨며 짧은 다리를 허우적거렸다.

먹는 데 정신이 팔려 있던 녀석에게는 마른하늘에 날벼락이었던 것이다.

"가만히 있지 못할까?"

크지도 작지도 않은 목소리지만, 그녀의 언사는 레드의 몸부림을 멈추기에 차고 넘쳤다.

녀석은 얼음이라도 된 것처럼 순식간에 움직임을 멈추고 굳어 버렸다.

새로이 공간을 찢은 릴리스는 쉬이 입을 떼지 못한 채 바라보고만 있는 스콜라를 향해 입을 열었다.

"인간 주제에 나의 앞을 막았던 용기는 가상하구나. 필시 이 녀석을 보호하려는 본능에서 나온 행동이었겠지. 기특해 마지않은 일이다. 하나 한 번만 더 그랬다가는 두 번 다시 이 녀석을 볼 수 없게 될 테니 그리 알거라."

그리고는 공간을 향해 걸음을 내디뎠다.

◇ ◆ ◇

릴리스가 레드를 데리고 이동한 공간은 상계(上界).

그중에서도 누구도 침범할 수 없는 불가해(不加害)의 영역에 있는 그녀만의 레어였다.

그녀의 도착과 동시에 그녀가 온 것을 인지한 가디언이 주르륵 미끄러져 왔다.

[고귀하신 존재 라티에 풀 릴리스 님을 뵙습니다.]

고개 숙여 한껏 존경의 뜻을 표하는 그.

한데 찰나라 일컬어도 손색없을 정도의 잠깐이지만, 릴리스의 손에 들려 있는 레드를 보고 움찔거리는 모습을 보였다.

릴리스가 이를 놓칠 리 없었다.

아무리 강한 가디언이라고는 하나 놈의 창조주라 칭할 수 있는 게 바로 그녀.

그 미세한 떨림을 눈치챈 것은 순식간이었고.

그녀는 이내 안쓰러운 표정을 지었다.

"이 아이가 어떤 녀석인지 알아보는 것이냐?"

가디언은 표정이 없었다.

웃지도, 울지도, 화내지도 못하는 존재.

애초에 레어를 보호할 목적으로 만든 것이었기에 감정이라는 것을 느낄 수 없다고 보는 게 맞았다.

그런데 특유의 무표정을 지으면서도 눈을 깜빡거리기를 반복했다.

이윽고 그의 입이 열렸을 땐, 평소와는 다른.

아니, 조금 전 릴리스를 맞이했을 때와도 전혀 다른 톤의 목소리가 흘러나왔다.

[……송구스럽지만, 모르겠습니다.]

그 미세한 변화와 떨림 속에서 릴리스는 가디언에게 변화가 찾아왔음을 느꼈다.

"말은 그렇게 하지만, 네 스스로도 뭔가 느껴지는가 보구나."

릴리스는 진심으로 안쓰러워했다.

가디언은 그녀가 몇 날 며칠을 꼬박 지새우며 공들여 만든 작품이었다.

그런 놈의 근간을 이루는 것은 다름 아닌 자신이 죽인 광룡의 심장, 즉 드래곤 하트에서 추출한 힘이었다.

트라페울을 광룡으로 만든 마기의 결정체조차 드래곤의 정수가 담긴 드래곤 하트까지는 물들이지 못한 덕에 추출할 수 있었던 것.

그 여파 때문인 것일까?

트라페울의 힘이 그를 동요하게 만들고 있는 듯했다.

'드래곤의 힘은 특별하니, 존재가 사라졌다 한들 염원과 의지는 남아 이어져 가고 있는 것인가.'

가디언을 바라보는 릴리스에 눈빛에서 씁쓸한 기색이 묻어 나왔다.

동족을 멸족시킨 것에 대한 단죄로 트라페울을 척결했다.

마기에 물들어 레드 일족 특유의 색을 잃고, 발톱마저 검게 변모했던 놈.

그래서 발톱을 모조리 뽑아 한 자루의 검으로 만들어 보관했다.

드래곤 하트의 힘을 추출해 내 가디언에 박아 넣으며 평생 시종을 들어야 하는 존재로 만들어 버렸다.

한낱 마족의 꾐에 넘어갔다는 한심함과 분노의 표출이자, 동족상잔을 벌인 데 대한 벌이었다.

그러나 전말을 알고 나니 분노는 한층 사그라들었고, 빈자리엔 의문이 스며들었다.

어떻게 전대 하계의 왕의 힘이 고스란히 담겨 있는 마기의 결정체를 접하게 됐을까.

좀체 해소되지 않는 의문을 풀어내고자 릴리스는 눈앞에 무릎 꿇은 가디언에게 물음을 던졌다.

"도대체 무슨 생각으로 그런 것이냐?"

하지만 그 물음에 대한 답은 돌아올 리 만무했고.

가디언의 음산한 목소리만이 레어를 울렸다.

263

[미천한 저로서는 무슨 말씀을 하시는 건지 깊은 뜻을 헤아리지 못하겠습니다.]

무척이나 송구스럽다는 듯 지면에 이마를 갖다 대는 놈을 보며, 릴리스가 고운 미간을 찌푸렸다.

제 손으로 평생 자아를 찾을 수 없게 만들어 버려 놓고선 답을 기대했다니.

어느 정도 예상한 바였으나, 찜찜한 감정이 드는 것은 그녀로서도 어쩔 수 없었다.

이내 고개를 가로저으며 상념을 날려 버린 그녀가 수중의 레드를 쳐다봤다.

먼저의 시도가 실패했다면, 차선책을 사용할 때.

레드를 데려온 이유도 그 때문이었다.

"일어나라."

명이 떨어지기 무섭게 가디언이 몸을 일으켜 시립했고.

릴리스는 가디언의 배에 손을 얹었다.

'해츨링인 레드가 가디언에 들어 있는 트라페울의 힘을 다시 가져간다면…….'

만에 하나라도 그에 대한 답을 줄지도 모른다는 생각이었다.

그리고 이것은 가디언에 대한 배려이기도 했다.

대부분의 힘을 소실할지언정, 내면에 잠재되어 있는 다른 힘으로 인해 겪지 않아도 될 복잡 미묘한 감정을 느낄 필요가 사라지게 될 테니까.

"내가 너에게 준 힘을 다시 가져가도 괜찮겠느냐? 이것은 강요가 아닌 의사를 묻는 것이니, 솔직히 답하거라. 네가 싫다면 하지 않겠다."

릴리스의 물음이 끝난 직후.

가디언은 희미한 웃음을 지어 보였다.

태어나 처음으로 명령에 의해서가 아닌 자신의 뜻을 표출하는 순간이었다.

[좋습니다.]

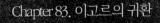

　드래곤을 넘어서 세상에 존재하는 모든 생명체에게는 각
각의 에너지가 존재한다.

　생기, 체력, 마나, 마기 등 많은 이름으로 불리는 것들이 그
예였다.

　그런 에너지들을 다루는 능력이 바로 릴리스가 보유한 권
능(權能).

　트라페울의 드래곤 하트에서 힘을 옮겨 담을 수 있었던 것
도 바로 그 능력 덕이었다.

　하지만 모든 힘이 그렇듯, 능력에는 그에 따른 제약이 있기
마련.

살아 있는 생명체의 에너지를 강제로 뽑아내는 것은 불가능하다는 것이었다.

때문에 트라페울의 힘을 추출할 땐 번거로운 과정을 거쳐야만 했다.

그 이유인즉, 트라페울이 광기에 물들었던 탓에 드래곤 하트를 부수지 않고는 제압이 불가능했던 탓도 있었지만.

오염되지 않은 순수한 힘을 거둬들이기 위해서는 별도의 행동이 수반되었던 것.

그래서 릴리스는 트라페울의 힘을 담아낼 수 있는 그릇을 만들었다.

그것이 바로 현재 가디언의 힘을 이루고 있는 주된 근원.

훗날 마기의 결정체 같은 불상사 일어나더라도 자신의 통제하에 놓일 수 있도록 제어장치도 마련해 두었고.

전처럼 힘을 추출하는 과정에서 그릇을 깰 필요는 없었다.

그 안에 담긴 웅혼한 힘은 자신의 의지에 따라 움직일 테니까.

손 안 대고 코 풀 만큼 간단한 과정이었다.

하지만 릴리스의 표정은 더없이 복잡 미묘한 감정으로 얼룩져 있었다.

어서 가져가라는 듯 눈을 감는 가디언.

그런 놈을 보고 있자니 쉬이 행동을 이어 갈 수 없었던 것.

힘을 추출한다고 해서 놈의 수명이 다하는 것은 아니다.

근간을 이루던 대부분의 힘이 사라질 뿐이지 아예 없어지는 것은 아니었으니까.

그럼에도 불구하고 쉽사리 손이 뻗어지지 않는 이유는 무엇일까.

이 상황을 어떻게 해석해야 할지 감이 잡히지 않는 릴리스였다.

'내가 이렇게 무른 존재였나…….'

발톱, 가죽 그리고 심장까지.

트라페울을 죽일 당시 그녀의 손속엔 자비가 없었다.

뭇 드래곤들에게서 꼭 그렇게까지 할 필요가 있었냐는 말을 듣지 않았던가.

어떻게 동족에게까지 그렇게 잔인할 수 있느냐.

지성체의 정점에 있는 존재라면 응당 자비를 베풀어야 하지 않는가.

상계(上界)의 왕.

즉, 일족의 범주를 벗어나 모든 드래곤의 수장인 자신에게 직접적으로 내뱉지는 못했지만, 귀가 밝은 그녀로서는 들릴 수밖에 없는 소문이었다.

그런 그녀가 한낱 가디언에 불과한 이에게 동정심을 품었다?

너무도 낯설고 이질적인 감정을 느끼며 스스로에 대해 의문을 품게 될 수밖에.

릴리스는 한참을 골똘히 생각했다.

그러자 문득 한 가지 생각이 잇따랐다.

'……그런 것이었나.'

지난날의 자신과 현재의 자신에게는 커다란 차이가 있다는 것.

처음에는 썩 마음에 들지 않았으나, 이제는 익숙해져 입에 익어 버린 '초롱이'라는 이름을 가진 아이.

한없이 사랑스러운 아이가 그늘 밑에서 무럭무럭 자라고 있다는 점이었다.

해맑게 웃으며 뻐드렁니를 드러내며 자신을 향해 엄마라 부르는 꼬마의 목소리가 귓가를 맴돌았고.

가디언의 복부에 올려진 손을 지나 여전히 눈을 감고 있는 놈의 얼굴로 시선이 옮겨졌다.

생명체라고는 찾아볼 수 없는 삭막한 레어에서 태어나 어쩌면 죽을 때까지 바깥을 구경해 보지도 못할 가디언.

그런 가디언에게 연민이 느껴졌다.

'어쩌면 이 녀석에게는 내가 엄마겠지. 이게 모성애라는 것인가…….'

머리부터 발끝까지 직접 창조한 것인 본인이었으니까.

어쩌면 초롱이를 만나고 난 뒤 모성애란 감정을 느끼고, 그것이 가디언에게까지 이어졌을지도 모를 일이었다.

하지만 이것 외에도 그녀를 망설이게 하는 이유는 한 가지가 더 있었다.

한 사내에 대해 연정을 품고 있다는 것.

그것은 삭막한 감정에 씨를 뿌리고 비를 내렸고.

이내 푸른 싹을 틔우기에 차고 넘칠 시발점이자 종착점이었다.

그것이 지금의 그녀를 머뭇대게 만드는 이유들.

"다시 한번 묻겠다. 그것이 진정 네 뜻이더냐?"

원래라면 단 한 번도 없었을 하문이 재차 이어졌고.

가디언은 한 치의 고민 없이 대답을 꺼내 들었다.

[그렇습니다.]

그러면서도 또다시 은은한 미소를 머금는 가디언.

릴리스는 마음을 고쳐 잡았다.

이 힘을 취하는 것은 자신이 멋대로 행하는 것이 아닌, 순수 가디언의 의지였다.

어떤 생각에서 이런 결정을 내린 건지는 몰라도 놈이 이를 원한다는 것이었다.

"잠시 이질감이 들 뿐, 고통스럽지는 않을 거다."

이내 복부를 통해 마나가 뽑혀져 나온다.

겉보기에는 한없이 푸르고 청명한 마나지만, 인간들이 사용하는 마나와는 근본적으로 달랐다.

질적인 부분은 물론, 그 속에는 레드 드래곤 특유의 힘이 서려 있었다.

이윽고 한 곳에 응축된 힘은 그녀의 손길을 따라 두둥실 유영했다.

릴리스는 여전히 눈을 감고 망부석처럼 가만히 있는 가디언을 걱정하듯 물었다.

"괜찮은 것이냐?"

그러자 가디언이 슬며시 눈을 뜨며 대답했다.

[솔직히 말씀드려도 되겠습니까?]

"그러거라."

[속이 너무 공허합니다. 이곳을 향하는 위협을 지키기에는 텅 비어 버린 힘이 걸림돌이 될 것이라 생각합니다.]

당연한 이야기였다.

전부는 아니더라도 가디언의 힘 중 9할 이상은 트라페울의 힘이었으니.

지금 상태의 수준을 비유하자면 S급 몬스터에 불과할 터였다.

"그게 전부인 것이냐?"

[예.]

릴리스는 쓴웃음을 지었다.

레어를 지켜야 한다는 사명감이 무엇보다 우선시되는 녀석.

사실 다른 종족은 드래곤의 도움이 없다면 상계에 오는 것 자체가 불가능에 가깝기에 레어를 지키는 가디언은 불필요한 임무를 맡고 있는 것이나 다름없었다.

이곳을 찾는 것은 중간계를 들락날락거리는 자신 외에는

없다고 봐도 무방할 정도였고.

놈은 이름도 없이 살다가 제 수명이 다할 때까지 한없는 고요와 적막이 맴도는 이곳에서 불필요한 임무에 사로잡혀 죽는 것이었다.

'내 빠른 시일 내에 너에게 다른 세상을 구경시켜 주마.'

그렇게 스스로와 약속한 릴리스는 레드를 바라보았다.

둥글게 말려 응축된 채 소용돌이치고 있는 트라페울의 힘을 목덜미가 붙잡혀 있는 레드의 앞으로 옮겼다.

레드는 무언가에 홀리기라도 한 것처럼 눈망울 가득 그것을 담아내고 있었다.

"이 힘이 너에게 어떤 변화를 불러일으킬지는 나로서도 장담할 수 없다. 하나 확실한 건, 널 제 자식처럼 아끼는 그 나약한 인간의 보호에서 벗어날 수 있는 힘을 가지게 되는 것은 분명하다. 어떻게 하겠느냐?"

마왕이 오랜 시간과 공을 들여 마기의 결정체를 만들고, 그것을 후대에게 대물림하는 것.

릴리스는 그와 같은 행위인 힘의 전이를 권능 하나로 간단히 해결하고 있는 것이었다.

릴리스의 물음에도 레드는 미동도 하지 않은 채, 응축된 힘을 쳐다봤다.

'이게 제 아비의 힘인 걸 눈치챈 것인가?'

가디언이 레드에게 그랬던 것처럼 레드 또한 그러지 말라는 법은 없으니.

그렇게 멍하니 있기를 몇 분.

레드가 슬며시 고개를 들어 올려 릴리스를 쳐다보며 소리를 냈다.

"뀨우웅?"

단순히 옹알거리는 것에 지나지 않는 소리.

하나 같은 드래곤인 릴리스는 그 뜻을 쉽게 알아들었다.

정말 자기가 저것을 가져도 되냐는 물음이었다.

"그러거라. 그저 삼키면 될 것이다."

레드는 허락이 떨어지기 무섭게 긴 혀를 내밀어 응축된 힘을 낚아챘다.

씹는 과정도 없었다.

아니, 그럴 틈을 주지 않았다고 표현하는 게 더 맞았다.

응축됐다고는 하나, 기체 상태인 그것은 녀석의 입에 들어감과 동시에 목구멍으로 빨려 들어갔으니까.

그 순간 레드의 눈이 뒤집어졌다.

화가 났다거나 광기에 물들었다는 은유적 표현이 아니라, 맑았던 눈망울은 사라지고 그곳에는 흰자위만이 가득했다.

그리고.

파앙-!

녀석의 신형에서 옹골찬 마나의 파장이 일어났다.

레어가 흔들리고, 녀석의 목덜미를 잡고 있던 릴리스가 잠시나마 놓칠 뻔한 정도였다.

'잘 들어갔군.'

릴리스는 레드를 바닥에 슬며시 내려놓았다.

자신이 할 수 있는 것은 여기까지였다.

같은 일족의 것이기도 하고 무엇보다 제 아비의 힘이었으
니 상성은 잘 맞을 터.

트라페울의 힘 중 몇 퍼센트를 흡수할 수 있을지는 순전히
레드에게 달린 것이었다.

'이제부터는 네 싸움이다.'

브라질.

그 국가는 너무도 초라한 헌터 수를 보유해, 헌터의 불모지
라고 불렸다.

상급이라 할 수 있는 A급 이상의 헌터의 수는 전역을 통틀
어 봐야 고작 30명 남짓.

그것도 S급은 단 2명밖에 되지 못했다.

S급은커녕 A급조차 보기 힘든 작은 나라에 비하면 복에 겨
운 소리가 아니냐고 할 수도 있다.

하지만 브라질에 불모지라는 대명사가 붙은 이유는 땅의
면적과 인구수에 비해 턱없이 적었기 때문.

세계 면적 5위, 세계 인구수 6위.

당장 세계 면적 3, 4위에 해당되는 미국과 중국에 비해서도.

세계 인구수 4, 5위에 해당되는 인도네시아와 파키스탄에 비해서도.

양적은 물론이고 질적으로도 비교 불가능한 수준에 있었다.

그리고 인구와 대지 면적에서 큰 차이를 보이는 대한민국과 비교하면 더욱 극심한 격차를 보였다.

떠오르는 헌터 강국 중 하나이자 현 S급과 차후 그 위치에 올라설 수 있는 인물이 수십에 달하는 한국.

반면 브라질은 그조차도 바랄 수 없는 수준이었으니, 그들의 헌터층이 얼마나 얇은지를 쉬이 알 수 있는 대목이었다.

그렇기에 작금에 생긴 5층 탑은 그야말로 재앙이었다.

협회라 부르기도 애매한 규모의 수장으로 10년째 앉아 있는 '아브레우'로서는 눈앞이 캄캄할 수밖에.

그녀는 먼발치에 보이는 커다란 예수상을 보며 기도했다.

'부디 우리를 살피소서.'

탑이 생성된 곳은 리우데자네이루.

항시 관광객들로 장사진을 이루는 그곳은 사람이 많은 만큼 난장판이 되어 있었다.

거리에는 비명이 난무하고, 협회의 통제에 따르지 않고 같은 말만 되뇌는 외국인들로 한가득했다.

"차편이라도 구해 달라고!"

"그럼 저희보고 여기서 죽으라는 소리예요?"

"외국인이라고 차별하는 거야 뭐야?"

협회 헌터는 속으로 분을 삭이며, 수십 번째 같은 말을 반복했다.

"여러분들도 보셨다시피 도로는 완전히 마비됐습니다. 일단 저희의 지시에 따라……."

하지만 공포에 사로잡혀 엉엉 울기도 하고, 얼굴을 붉힌 채 화를 토하는 사람들에게 그의 목소리는 닿지 않았다.

"비행기를 달라는 말입니다!"

"그래! 당장 비행기를 지원해! 나 미국인이야! 너희가 미국인에게 이런 대접을 하고도 무사할 줄 알아?!"

아브레우는 귀를 찌르는 소리에 신경질적으로 소리쳤다.

"세계 곳곳이 모두 이 지경입니다! 그로 인해 비행기가 뜨지 않는 것을 우리보고 어쩌란 말입니까?! 그렇게 원하면 여기서 이럴 게 아니라 당신네들 대사관에 가서 지껄이란 말입니다!"

브라질에 둘밖에 없는 S급 헌터.

그중 한 명인 아브레우의 고함은 헌터의 반열에도 오르지 못한 일반인들을 움츠러들게 만들기에 충분했다.

그녀는 머리카락을 쓸어 올리며 눈을 부라렸다.

"자국민 우선이 아니라, 외국인도 동등하게 벙커를 지원하는데 뭐 그리 불만이 많습니까? 그렇게 막무가내로 지시에 따르지 않을 거면 알아서 살아남으세요."

그녀는 고갯짓으로 다른 헌터들에게 그들을 해산시킬 것을 명했다.

그리고 예수상과 엇비슷한 규모를 자랑하는 탑을 올려다봤다.

'무섭네……'

아무렇지 않은 척 언성을 높였지만, 그녀도 사람이었다.

일반인과 같은.

목숨 아까운 줄도 알고, 포효를 부르짖는 몬스터를 눈앞에 두고 있으면 긴장감에 젖어 땀이 주르륵 흘러내렸다.

그런 그녀에게 탑은 공포 그 자체였다.

보는 것만으로도 온몸을 짓누르는 듯한 중압감이 밀려들었다.

전국에 존재하는 헌터들은 모두 소집된 상황.

그럼에도 불구하고 이 난관을 헤쳐 나갈 수 있을 거라는 생각은 들지 않았다.

'이럴 때 이고르가 있었으면……'

헌터 불모지인 브라질의 유일한 희망이라 불렸던 남자.

세계를 뒤져 봐도 한 손으로 꼽을 수 있는 소수의 영역에 발을 들인 SS급 헌터.

그렇게 생각하던 그녀는 고개를 저어 잡념을 떨쳐 냈다.

'이제 그 사람은 없어. 우리가 자초한 일이니 스스로 해결

해야 하는 거야.'

그녀는 뒤돌아 소집된 헌터들을 주목시켰다.

"이제 우리는 목숨을 걸어야 하는 전장으로 발을 들여야만
합니다. 저도 떨리는 마당에 여러분께 긴장하지 말라는 말은
못 하겠네요."

긴 심호흡으로 두근거리는 심장을 애써 달래야만 했다.

"하지만 브라질의 운명이 우리의 손에 달려 있다는 점을
잊지 마시기 바랍니다. 끝까지 싸워 승리하는 것. 그것이 우
리가 해야 하는 일입니다."

그녀의 연설에 헌터들은 투지를 불태웠다.

시간이 꽤 지났으니 1층부터 많은 몬스터가 쌓여 있을 것
이었다.

하지만 D급에 불과한 놈들을 상대하는 것은 큰 무리가 없
을 터.

진짜는 B급 몬스터의 영역인 3층부터 시작이었으니 되도
록 빠른 속도로 1, 2층을 주파하는 것이 목표였다.

이윽고 그들은 아브레우를 선두로 탑으로 발을 내디뎠고.

밀려드는 몬스터 파도를 맞이할 준비를 하며 컨택트를 앞
으로 내밀었다.

한데.

"……!"

원래의 형체를 알아볼 수 없을 정도로 터져 나간 몬스터의

사체들.

그로부터 흘러나온 피가 강을 이루고 있었다.

누군지 모를 존재가 이곳에 먼저 발을 들인 것이었다.

'⋯⋯우리보다 먼저 이곳에 들어온 헌터들이 있다?'

말이 되지 않는 상황에 쉬이 판단이 서지 않는다.

단 하나만 생성돼도 국가의 근간을 뒤흔들 수 있는 위험 요소가 바로 5층 탑.

그런 존재가 전 세계를 통틀어 백 개가 넘게 생성됐으니, 세계 각국 언론이 난리가 난 것은 당연한 이야기였다.

탑을 처리해야 하는 국가들의 입장은 그보다 더하면 더했지 모자를 리 없었고.

그 때문에 브라질 헌터 협회는 황급히 전국에 포진해 있는 헌터들을 소집했다.

자국의 헌터만으로 탑 공략에 나서는 게 스스로 저승길로 향하는 것이라는 것을 알고 있음에도 어쩔 수 없었다.

백만분의 일 확률이지만 이렇게 하지 않으면 그 확률마저 없으니까.

'그런 상황에서 우리들보다 먼저 탑에 들어선 이가 존재한 다고?'

혹시나 초기 소집에 불응했던 이들일까 고민해 보지만, 이 내 고개를 가로저었다.

목숨이 아까워 잠적한 이들이 먼저 들어왔다는 건 이성적으로 납득할 수 없는 일.

설령 그들이 먼저 들어왔다고 한들, 이런 피의 강을 만들었다는 건 더더욱 말이 안 됐다.

전력을 다 합쳐 봐야 지금 모인 이들에 비해 한참이나 부족했으니까 말이다.

'그럼 타국 헌터들의…….'

일순 또 다른 가능성을 품어 보지만, 그마저도 불가능했다.

앞서 브라질의 지원 요청을 깡그리 무시했던 이들이다.

각자가 속한 국가를 보호하기에 여념이 없을 그들이 타국의 안위를 위해 친히 발걸음했을 리는 추호도 없었다.

'그럼 대체 누가 이런 일을…….'

생각지도 못한 돌발 상황에 머릿속이 복잡해져 멈칫한 사이.

그녀의 옆에 선 한 사내가 칼로 땅을 찍어 보였다.

아브레우와 함께 브라질의 유이한 S급 헌터인 '비우'였다.

그의 시선은 칼끝에 진득하니 묻어 나오는 피로 향했다.

"협회장님께서 그런 표정을 짓고 계시는 걸 보니 계획에는 없던 일인가 보군요."

"예, 누가 어떤 목적으로 들어온 건지 좀체 감히 잡히질 않네요."

여전히 의문 가득한 표정을 짓는 그녀와 달리.

비우는 집게손가락에 피를 한 방울 묻혀 문지를 뿐 별다른 감정 변화를 보이지 않았다.

"지금 그게 뭐가 중요하겠습니까? 우리는 탑의 위협에서 벗어날 재량이 없고, 그들은 우리에게 도움이 될 수 있는 존재들이라는 게 중요한 거 아니겠습니까?"

"정황상 그렇긴 하죠."

"지나간 지 얼마 안 됐습니다. 1층은 리젠될 몬스터를 대비해서 몇 명만 남겨 두고, 어서 따라가시죠."

아브레우는 비우의 말에 동의하듯 고개를 끄덕였다.

누군지도 알지 못하고 품은 목적 또한 불분명하다.

하지만 그 모든 게 탑의 공략보다 중요치 않았다.

의도했든 하지 않았든 자신에게 긍정적인 요소라는 것은 부정할 수 없는 사실이었다.

만일 그들이 탑에서 얻게 될 마정석과 아티팩트에 관심이 있다면, 얼마든지 내어 줄 용의가 있었다.

아니, 도움만 준다면 그것들은 물론이고 국고를 털어서 엄청난 값을 보상으로 지불할 수도 있었다.

재화 따윈 생존과 존립의 가치에 비할 바 아니었으니 말이다.

심기일전한 아브레우가 뒤돌아 소리쳤다.

"진입 전 1층에 머물기로 한 인원들을 제외하고, 모두 2층으로 가겠습니다!"

선두에 서서 앞장서는 그녀.

그 뒤를 따라 헌터들의 이동이 시작됐고.

잠시 후 2층에 올라서는 순간.

그들의 눈앞에 펼쳐진 것은 1층과 다를 것 없는, 수많은 몬스터로부터 흘러나온 피가 강을 이루고 있는 광경이었다.

먼저 들어선 이들을 위해 어떤 제안을 건넬지를 준비하던 아브레우는 인상을 구기고 심각한 표정을 지었다.

"……!"

그러자 비우가 말을 걸어왔다.

"이 정도면 생각보다 많은 인원들이 들어온 것 같습니다."

"그렇겠네요. 그것도 상급 헌터들 위주겠죠."

두 사람의 추측은 당연한 것이었다.

탑이 생성되고 바로 진입했다고 한들, 1층과 2층을 주파하는 데에는 상당한 시간이 소요될 수밖에 없으니까.

그러나 한 가지 이유 때문에 그러한 추측에 확신을 담지는 못했다.

탑이 생성된 곳은 관광지인 데다가 예수상과 멀리 떨어지지 않은 장소.

평상시에도 유동 인구가 엄청나기 때문에, 상당수의 인원이 이곳으로 진입했다면 어떻게든 사람들의 이목이 쏠릴 수밖에 없다.

또한 탑의 생성과 동시에 발 빠르게 움직여 헌터들을 배치해 뒀다.

'그런데 어떤 보고도 들려오지 않았어.'

누구에게도 발각되지 않고 탑에 진입했다는 것은 다수의

285

무리가 아니라는 뜻이었다.

그 말인즉슨, 이 광경을 만들어 낸 존재는 극소수 혹은 단신.

그것도 1, 2층을 단숨에 주파할 만큼 강력한 힘을 지닌 이들이란 뜻이었다.

'최소 S급. 그게 아니라면 말이 안 되겠지.'

아브레우는 긴 심호흡을 하며 고민을 마무리했다.

생각은 나중의 일.

지금은 탑 공략이 우선이었다.

"후우…… 예정대로 진행하죠."

"알겠습니다."

비우가 2층에도 적당한 인원을 남기고 헌터들을 이끌며 3층으로 향했다.

예상했던 전투도 없었고, 든든한 지원군이 있다는 사실에 헌터들의 얼굴에는 희망의 기운이 맴돌았다.

반면 아브레우만큼은 쉽게 웃지 못했다.

헌터들과 함께 이동하고 있지만, 여전히 한 가지 생각을 떨쳐 낼 수 없었던 것이다.

그 누구도 도와주지 않을 것이라 생각했던 상황 가운데 찾아온 한 줄기 광명.

S급이 희귀한 브라질에서 이 정도의 파괴력을 지닐 수 있을 헌터.

그럴 확률이 지극히 적다는 걸 알면서도, 상황이 상황이다 보니 이런 기대감이 들 수밖에 없었다.

'혹시 그 사람이 왔을 수도 있어.'

이고르가 돌아온 게 아닐까.

그런 생각이 머릿속에서 떠나지 않았다.

그렇게 순조롭게 3층에 도착한 순간.

콰아아앙-!

엄청난 굉음과 동시에 일어난 흙먼지가 그들의 시야를 가렸다.

예상 밖의 상황에 잠시 긴장이 풀리긴 했지만, 탑에 진입할 때부터 전투를 염두에 두고 있던 헌터들이었고.

갑작스런 상황에도 당황하지 않고 방어 스킬을 시전하며 위기에 대비했다.

"크라라라!"

하지만 그들이 느낄 수 있는 것은 몬스터의 포효와 굉음뿐.

시간이 지나도 계속해서 이어지는 굉음은 먼지가 걷힐 틈을 주지 않았다.

뿌연 먼지 탓에 한 치 앞이 보이지 않는 그들은 굳건한 방어 태세를 유지하는 것밖에 할 수 있는 일이 없었다.

비우는 눈을 가늘게 뜨며 자욱한 먼지 사이를 주시했다.

"뭐 하는 사람들인지는 몰라도 우리가 가서 돕는 게 낫지……."

이에 아브레우가 가만히 손을 내밀어 그의 행동을 멈추었다.

"사람들이 아니에요."

"……예? 그럼?"

그녀는 아무런 대답 없이 흙먼지 너머를 응시했다.

눈으로 볼 수는 없어도 곤두서 있는 온몸의 감각은 저곳에서 무슨 일이 일어나고 있는지 느낄 수 있게 만들었다.

단 한 사람.

한 마리의 야수와 같은 그는 날카롭고 포악한 힘을 거칠게 토해 내고 있었다.

먼발치에 떨어져 있음에도 거칠게 요동치는 마나는 마치 짐승이 울부짖는 것처럼 구슬프다.

아브레우는 그런 힘의 주인이 누구인지 너무도 잘 알고 있었다.

'그렇게 우리를 증오하셨으면서 왜 돌아오신 겁니까?'

이윽고 폭음이 멈췄을 때, 뿌연 시야가 조금씩 원래대로 돌아오려 했다.

브라질의 헌터들은 마른침을 삼켰다.

호랑이 굴에 제 발로 들어온 탓에 한껏 긴장된 채로 먼 곳을 향해 신경을 곤두세웠다.

이내 방해물이 완전히 사라진 순간 그들의 앞에 있는 것은 갈기갈기 찢겨 있는 몬스터의 잔해와 한 마리의 맹수.

그것은 헌터들의 착각을 불러일으키기에 충분한 모습이었고.

"안 돼! 멈춰!"

멍하니 야수를 바라보고 있던 아브레우가 황급히 소리쳐 보지만, 그녀의 외침은 이미 늦은 뒤였다.

불꽃이 타오르고 무기에 전달된 마나가 형태를 갖추는 등 각종 공격 스킬이 놈을 향해 쇄도하고 있었다.

난생처음 겪는 5층 탑의 위협.

그 탓에 몇몇이 과도한 긴장 상태에 놓여 있었고.

먼저 탑에 들어선 헌터들이 3층의 거주민들과 싸우다가 마지막 한 마리를 남기고 맹렬히 전사한 것이라 여겼던 것이다.

시시각각 거리를 좁혀 가는 공격들.

숨을 헐떡거리고 있던 야수의 고개가 홱 하고 젖혀진 것도 동시였다.

맹수와 같은 눈동자가 자신의 목숨을 노리고 날아드는 스킬들과 헌터들의 면면을 훑었고.

"크르러렁!!!"

놈의 입은 벽력과 같은 포효를 내뱉었다.

그 결과.

"……!"

스킬을 날렸던 헌터들뿐만 아니라, 3층에 존재하는 모든 브라질 헌터들의 낯빛이 창백하게 변했다.

몸을 움직인 것도 아니고 단 한 번의 포효.

그것만으로 십여 개의 스킬을 단번에 지워 버린 것이었다.

팟-

놈은 눈 깜빡할 사이에 아브레우의 앞으로 이동해 그녀를 지긋이 응시하며 입을 열었다.

"너희 협회라는 족속들은 항상 한발씩 늦는군. 이번엔 또 얼마나 많은 희생자를 만들 셈이었지?"

새하얀 털에 검은 줄무늬가 쳐져 있는 야수.

이족 보행이라는 것만 빼면, 영락없는 백호의 모습이었다.

영영 돌아오지 않겠노라, 자신을 찾으려 든다면 그게 누구든 죽이겠다 선언하며 떠나간 사람.

세계를 통틀어도 여섯뿐이며 브라질의 희망이었던 SS급 헌터.

이고르가 2년 만에 모습을 드러낸 것이었다.

그를 알아본 몇몇 헌터들이 입방아를 찧으면서 혼란을 빚는 사이.

아브레우는 좀체 고개를 들지 못했다.

이고르의 얼굴을 마주할 면목이 없는 것이었다.

그럼에도 이 상황을 타파하기 위해서는 그의 힘이 꼭 필요했기에 힘겹게 입을 뗐다.

"……돌아오신 겁니까?"

그에 이고르는 날카로운 이를 드러내며 이죽거렸다.

구태여 불편한 감정을 숨길 필요성도 느끼지 못하는 것이었다.

"너희들이 버젓이 살아 있다는 사실만으로도 토악질이 나오는 게 바로 나다. 그런데 내가 여길 돌아오겠나? 한번 묻도록 하지. 네가 나라면 용서할 수 있을까?"

"······."

죄인처럼 고개를 떨군 아브레우는 아무런 대답을 하지 못했다.

입이 열 개라도 할 말이 없었다.

2년 전.

사우바도르에 S급 게이트가 생성된 적이 있었다.

그 당시에도 SS급 헌터였던 이고르는 당연하게도 해당 게이트의 레이드에 참여할 수밖에 없었고.

수많은 헌터들을 대동한 채 공략에 나섰다.

한데 그사이에 사건이 터졌다.

상파울루에 생성된 D급 게이트가 붕괴를 일으킨 것이었다.

그로 인해 상파울루가 아비규환이 됐던 것은 물론, 헤아릴 수 없을 정도의 사상자가 발생했고.

사망자 중에는 집 근처 가게에 들러 장을 보던 이고르의 아내가 포함되어 있었다.

게이트 붕괴라는 엄연한 사고로 인한 재해사.

그럼에도 이고르가 이토록 분노하는 데에는 그만한 이유가 있었다.

붕괴와 동시에 즉시 현장으로 출동해도 모자랄 판인 상황.

하나 협회는 S급 게이트 레이드를 통해 헌터 불모지라 불리는 치욕스러운 칭호를 씻어 내기 위해 혈안이 되어 있었고.

장장 한 시간가량이 지나고 나서야 붕괴에 대처하기에 이르렀던 것이다.

그런 결정을 내린 당사자이자 당시의 협회장이 바로 눈앞의 아브레우였다.

이고르는 가늘게 찢어진 눈으로 흉흉한 기세를 피워 올렸다.

"아브레우, 네가 그날 지시만 똑바로 내렸더라면!! 내 아내가 지금도 살아 있을지 모른다는 생각이 머릿속을 떠나지 않는다!"

싸늘한 주검으로 변해 버린 아내를 붙잡으며 눈물을 쏟아 냈던 그날.

몬스터에게 찢어발겨져 하반신이 통째로 사라진 그녀의 마지막 모습은 이후로도 단 한 번도 잊히지 않았다.

그것이 지금까지도 아브레우를 곱지 않은 시선으로 바라보는 이유였다.

솔직한 심경은 당장에라도 사지를 도륙해 아내의 한 맺힌 원한을 풀어 주고 싶었다.

만일 그때 협회가 제때에 대응해 막아 냈더라면.

피로 얼룩진 아내의 얼굴을 마주할 리는 단연코 없었을 테니까.

그러나 불길같이 치솟던 분노를 잠재운 그가 이내 등을 돌렸다.

"당장에 죽여 버리고 싶은 마음을 억누르고 있으니 얼른 저 떨거지들 데리고 꺼져라."

헌터 생활에 신물을 느끼고, 종적을 감췄던 그가 스스로 탑에 들어온 이유는 단 하나였다.

그날과 같은 변고로 자신과 같은 슬픔을 느끼는 사람이 나오지 않게 하기 위해서.

이고르는 혈혈단신으로도 얼마든지 탑의 수정을 부술 수 있을 거라 믿는 사람이었다.

그 말을 끝으로 이고르는 4층으로 몸을 날려 사라졌고.

여태 그의 기운에 억눌려 입 하나 뻥긋하지 못했던 비우는 몸을 바르르 떨며 아브레우를 쳐다봤다.

그러나 그녀는 넋을 잃은 듯 정신을 차리지 못하고 있었고.

작게 한숨을 내쉰 그가 협회장을 대신해 혼란에 빠진 헌터들을 다잡았다.

"일단 3층에서 리젠되는 몬스터를 막겠습니다. 4층 진입은 상황을 보도록 하죠."

한시가 급한 상황이지만, 이고르가 갔다면 그리 걱정할 게 없었다.

이전 S급 게이트 공략 당시 비우 또한 그 무리에 속해 있었다.

그렇기에 이고르가 가진 힘을 그 누구보다 잘 알고 있다 자신했다.

자신이 죽을 때까지 발끝도 따라가지 못할 수준임을 체감

했으니까.

'그때 난 넋 놓고 구경만 했지.'

S급 게이트의 보스 몬스터를 피 한 방울 흘리지 않고 혼자서 도륙하는 존재.

그런 헌터가 단신으로 4층에 올라갔으니 티끌만큼의 걱정도 사치였다.

차라리 3층에 리젠되는 B급 몬스터를 상대해야 하는 다른 헌터들을 걱정하는 편이 옳을 정도였다.

한 차례 헌터들을 정리한 비우가 다시 아브레우를 향해 고개를 돌렸을 때.

어느새 정신을 차린 그녀는 무언가 결심을 내린 듯한 표정을 띠고 있었다.

"저 대신에 여기 좀 맡아 주세요. 저는 이고르에게 가야겠습니다."

"……예?"

무슨 소리냐는 듯 비우가 당황한 기색을 내비쳤다.

이고르의 심기를 거스른다는 건 자살행위나 다름없었다.

가뜩이나 심기가 불편한 판국인데, 다른 이도 아니고 아브레우 본인이 다가간다는 건 섶을 지고 불에 뛰어드는 것이나 마찬가지였다.

"그러다가 진짜 죽습니다. 여기서 가만히 기다리고 있는 게 낫지 않겠습니까?"

"죽어도 상관없습니다. 그의 말처럼 제가 그였더라도 용서하지 못했을 테니까요."

"그걸 알면서 왜……."

아브레우의 시선이 조금 전 이고르가 향한 4층으로 향했다.

단호했던 눈동자는 이내 후회로 얼룩져 있었다.

"지금껏 그에게 진심으로 사과해 본 적이 없어요. 지은 죄를 알면서도 스스로를 방어하기 위해 고개를 떨구고 침묵으로 일관했습니다. 오랜만에 그의 앞에 선 방금도 마찬가지였어요."

아브레우는 굳은 결의를 지닌 표정을 지으며 말을 이었다.

"너무 늦었지만…… 진심을 담아 그에게 무릎 꿇고 사과할 겁니다."

처음의 잘못을 알았을 때 했어야 할 일이 많이 지체되어 지금에 이르렀다.

그렇다고 앞으로도 그렇게 살고 싶냐 묻는다면, 그녀의 대답은 '아니다.'였다.

길고 길었던, 회한으로 점철된 과거를 뒤늦은 지금이라도 끊고 싶었으니까.

그런 아브레우의 모습에서 번복의 의사가 없음을 눈치챈 비우가 슬며시 고개를 끄덕였고.

그녀는 망설임 없이 4층을 향해 달려갔다.

그런 그녀의 뒷모습을 보며 생각에 잠기는 비우였다.

'부디 당신의 사과가 그의 마음을 되돌릴 수 있길 빕니다. 왠지 이 탑은 거대한 파도가 들이닥칠 걸 예고하는 것에 불과하다는 생각이 들거든요.'

그리고 같은 시각.
브라질을 포함해 세계 곳곳에 균열이 일어나기 시작했다.

〈11권에 계속〉